光源氏の物語Q&Aハンドブック

東原伸明＋高橋美由紀 編著
Higashihara Nobuaki Takahashi Miyuki

武蔵野書院

目　次

はじめに――古典という「知」の遺産活用のために

東原伸明

『源氏物語』のような古典文学を読むことに、どのような喜びがあるのでしょうか。

この書は、NHKの大河ドラマ「光る君へ」が放送されるという情報を得た時点で、企画されました。「令和」への改元のときもそうでしたが、私ども古典文学に携わる研究者らは、常に〈こうした機会に〉と、考えておりました。昨夏、物語研究会で（そんな研究会があるんですよ！）発表をした折に、業界の「若い仲間たち」が、「光る君へ」のバブルを期待し、「たぬきの皮算用」、『源氏物語』周辺の啓蒙書を出版する（既にしている、していた）という情報を得ました。「光る君へ」の内容が、どのようなものになるのか？まったくわからない状況で、とにかく、日本古典を広めるための千載一遇の機会を逃してはならぬと、業界の人たちは皆、思っていたことでしょう。世の中は進歩しているのか？逆に退化しているのか？今年六十五回目の誕生日を迎える私ですが、よくわかりません。確実にわかっていることは、日本人の人口がどんどん減っていることと、比例して本を、特に古典を読まなくなっていることです。日本の遺産はたくさんありますが、その一つである古典文学を「読まなくなっている」、というよりも「読めなくなっている」。この先、「古典文学を読むため」には、それなりの下準備が必要ですが、今や「宝の持ち腐れ」状態なのかもしれません。

ところで、大阪の街を歩いていると、特に難波のメインストリートや日本橋《につぽんばし》で気が付くと、周囲に日本語を話す人は皆無。〈果たしてここは日本なのか?〉と、少し心細くなります。道頓堀は「出世地蔵」に隣接する「庵《いおり》の梅」という居酒屋さんへ。お客の半分は、鮪目当ての口コミ外国人観光客。主人は「ポケトーク」片手に喜々として注文を取り歩き、「佐伯さん」という凄腕の板前さんが一人で、鮪の鮨を握り、馬刺・鯨刺、てっさを引き、てっちりの支度をする、たった一人で、次々と注文をこなしてゆく、壮観な店。父・母・娘・息子という家族構成の台湾人親子、コーラで鮪の鮨を食べる、小学生と中学生の英国人姉妹とその両親……。

ここでなぜ、こんな話をするのかと訝しむ方もあるかもしれません。しかし、これは今の、あるいはこれからの、日本の「象徴的な風景」なのかもしれない。先に私は、「日本人が日本の古典文学を読めなくなっている」と書きました。それに反して、たしかに増えているものがあります。それは、母語が日本語ではないけれど、日本の古典を愛し、文学や文化を専門に研究するために、日本を訪れる外国人たち。

私の元同僚のローレン・ウォーラーさんは、『万葉集』を愛するアメリカ人研究者で、挫折を乗り越え、めでたく昨年イェール大学で博士の学位を取得しました。日本で日本人に向って『万葉集』のすばらしさを説いて広めてくれています。

また、語学の達人で、私などより遥かに格調の高い日本語の文章を綴るジョエル・ヨースさんは、ベルギー人の日本思想史・日本文化史の研究者。高知県立大学の教授で、昨春「自由民権」の資料を探して長野県の安曇野市を訪れ、泊まった宿で「大雪渓」（池田町）という日本酒のうまさに開眼したという、本人から聴きました。

もはや、日本語を母語とする旧日本人が古典文学を楽しむ時代は、過ぎたのかもしれません。しかし、大河ドラマの放送開始とともに、ネット空間では確実に、『源氏物語』周辺の誤・情報が、氾濫しています。原文で読んだことも無いくせに「知ったかぶり」はやめてほしい。「知」の遺産の活用のために、本書を読んでほしいと願います。見出しの「Q《クエツシヨン》」は、高知県立大学（前身の県立高知女子大学）・同大学院の授業で、過去に受講した学生から寄せられたものに（解放授業の聴講者を含む）、この度の刊行にあたり、頭をひねって追加しました。執筆分担は、各項目の末尾に、（東原）・（高橋）と明記してあります。「はじめに」と「おわりに」は東原が、「解説」と「附」は高橋が担当しました。

Q1 『源氏物語』の「源氏」とは何でしょうか？

A 『源氏物語』の「源氏」とは何でしょうか。光源氏は、「源光《みなもとのひかる》」というような名前ではありません。「光る君」というのがニックネームなのですが、実のところ、本名はわからないのです。

そこでまず考えてみなければならないのは、「源氏とは何か」ということです。ここでいう「源氏」は普通名詞で、固有名詞の「源氏」・「平氏」（＝平家）の「源氏」を指してはいないということです。

「源氏」とは何か？定義を試みるならば、「元皇族で、臣籍《しんせき》に降下《こうか》した大貴族の姓《かばね》」ということになります。天皇から姓を戴くので、一般には「賜姓源氏《しせいげんじ》」とも呼ばれます。著名なところでは嵯峨天皇が五十人もの皇子・皇女を臣籍降下しており、嵯峨天皇のお子さんなので、「嵯峨源氏」などと呼ばれています。

皇女の場合は結婚することによって民間に下る結果となるので、「降嫁《こうか》」と書きます。要するに源氏とは、「皇族」から「民間人」になること。朝廷の臣下になることなので、そのしるしとして、姓が必要になり、併せて納税の義務も生じるというわけです。

対して皇族は皇統譜に名前だけが書かれていて、臣下ではないので姓はありません。皇族でいることは「皇位継承権」、つまり、次の天皇となる資格と順位を有していることを意味します。「源氏」として、臣籍に降下し民間人になってしまった時点で、その資格は喪失します。その代わり政治的には、自由な存在になります。現在でもそうなのですが、皇族は政治に関与することはできません。だから、名誉職に就くというかたちをとって朝廷から俸給を賜ります。現在でもたとえば、「日本赤十字社の総裁」などといった感じです。

さて、臣籍降下をした人が「源（みなもと）」という姓を名乗った一番最初は、「嵯峨源氏」からだそうです。それ以前に臣籍降下した人々は、「みなもと」を名乗っては、いないということです。

（奥原敬之「嵯峨源氏」『天皇家と源氏　臣籍降下の皇族たち』吉川弘文館、二〇二〇年）

「嵯峨源氏」以前、臣籍降下した人々の姓は、藤原・橘・清原・在原・春原・伏原・長谷・文室《ぶんや》（文屋）・広根・大江・弓削・夜須《やす》・長岡・岡などです。

たとえば奈良時代の例、第三十代敏達天皇の六世の孫・葛城王《かづらぎおう》は、天平八年（736）十一月十一日に臣籍降下して、橘諸兄《たちばなのもろえ》となっています。また、第四十代天武天皇の四世の孫・和気王・細川王の兄弟が、天平勝宝七年（755）六月二十四日に臣籍降下して、どちらも岡真人《おかのまひと》となっています。

さらに延暦六年（787）二月五日、第五十代桓武天皇は、異母弟の諸勝親王を臣籍降下させて広根諸勝《ひろねのもろかつ》と賜姓し、自身の皇子の岡成親王を同様に臣籍降下させて、長岡岡成としています。どちらも天皇の皇子ですから、これは二代目の臣籍降下の例で、二世の源氏ということになります。

平安時代になって、「嵯峨源氏」以降は、臣籍降下した人々の多くが姓として「源（みなもと）」を名乗ったので、通称的に「源氏」と呼ぶようになったものと思われます。しかし、なぜこれほどまでに「源（みなもと）」という姓には人気があったのでしょうか。

奥原敬之によれば、嵯峨天皇が「源」を賜姓したのには、以下の理由からのようです。中国の『魏書《ぎしょ》』の一節「源賀伝」の挿話に、魏朝の世祖が同族河西王の子・賀を臣籍降下させ西平侯龍驤将軍に任じた際に、「卿と朕とは、源を同じうす。事に因《よ》りて、姓を分かつ。今より「源」を、氏とすべし」として、賀に「源」を賜与したというわけです。

もう少し説明を付け加えると、近世の国学者・谷川士清《たにがわことすが》が『和訓栞《わくんのしおり》』で、「みなもと、源をよめり。水元の義なり」としています。同じく近世の神道家・玉木正英《たまきまさひで》も

『神代巻藻塩草《じんだいのまきもしおぐさ》』において、「源ノ訓《（くん）》ハ水元也」としているように、水元＝水源を意味しており、そこからしだいに水かさを増して、最後は滔々たる大河となるというわけです（以上、奥原前掲書）。とても「縁起のよい姓」ということになりますね。

　このようなことから、臣籍降下した者の大半が「源」を名乗ったことから「源氏」と通称されるようになったわけです。しかし、ここから、後の固有名詞の「源氏」・「平氏」（＝平家）の「源氏」も、出てきます。

　平家の「平」という姓は、天長二年（825）七月六日、第五十代桓武天皇の子・葛原親王《かつらはらしんのう》の長男・高棟王《たかむねおう》（孫王）を臣籍降下させ「平高棟《たいらのたかむね》」と賜姓したことに始まります。これは、平安遷都にちなんでの「平」姓だったのですが、その遷都の感激と興奮がその後も持続し、葛原親王の三男・高見王の子・高望王《たかもちおう》が、寛平元年（889）八月に臣籍降下し、賜姓を受けて「平高望《たいらのたかもち》」となります。彼は上総介として叙任し、子孫は東国地方に土着した豪族となっています。

　このように平氏は、地方豪族としての名を馳せ、特に承平天慶の乱に功のあった平貞盛の四男・平維衡よりはじまる平氏一族の一つ、高望王流坂東平氏の庶流こそが、「清和源氏」と併称される「桓武平氏」→「平家」となったというわけです。話が末節に流れてしまいました。軌道を修正し、「嵯峨源氏」説明の時点に戻しましょう。

話の根本として、なぜ「臣籍降下」などということが行われたのでしょうか？そのことを考えてみなければなりません。

まず、皇室の経済的な理由からです。嵯峨天皇は、五十人ものお子さんを臣籍降下させています。共通して、みな母方の身分があまり高くない皇子・皇女です。これらの方々は、あるいは不本意だったかもしれませんが、しかし、格の低い皇族、皇子・皇女としてそのまま生きてゆくよりも、臣籍降下をした方が本人のためにはよかったのかもしれません。それは、臣籍に降下したものは、本人の能力と努力次第で、かなりの出世が見込めたからです。

「河原の左大臣」と呼ばれた、源融《みなもとのとおる》は（822～895）、従一位の左大臣にまで出世しています。また、「北辺《きたのべ》大臣」源信《みなもとのまこと》（810～869）も、左大臣で正二位。これだけの政治的な能力と個人的な収入とを考えれば、臣籍降下によってその資質を開花させたのだといえます。

ところで、このような臣籍降下した人々を主人公にした物語が「源氏の物語」だと考えるならば、その先蹤は『伊勢物語』になるでしょう。各段の主人公「昔、男…」に比定される在原業平《ありわらのなりひら》も、実は二世の源氏で、降下以前は皇族として「業平王《なりひらおう》」でした。業平の父系は平城天皇《へいぜいてんのう》の皇子・阿保親王《あぼしんのう》、母系は桓武天皇《かんむてんのう》の皇女・伊都内親王《いとないしんのう》で、血筋からはとても高貴な身分でしたが、「薬子の変」により皇統が嵯峨天皇の子孫へ移ってしまったこともあり、天長3年（826）に父の阿保親王の上表によって臣籍降下をし、兄の行平らと共に在原朝臣姓を名乗っています。だから、『伊勢物語』も広義の「源氏の物語」だといえます。

さてそれでは光源氏の場合は、すくなくとも皇室の経済的な理由ではありません。それについては、**Q5　光源氏が女性と関係することと、彼の立身出世とはどのように関わりますか?**を御覧ください。

（東原）

Q2 『源氏物語』の「物語」とは何でしょうか？

A 『源氏物語』の、「物語」＝「モノガタリ」とは何でしょうか。モノガタリをそのジャンルから定義をした場合、私見ではモノガタリ以前の「神話」＝「カミガタリ」まで遡って、そこからの連続的な文学史観に則《のっと》ってアナロジカルに考えてみた方がよいように思われます。

そうであるならば、カミガタリとは何でしょうか。カミガタリとは、端的にカミについて語ったものです。現存の『古事記』・『日本書記』は、皇室の先祖のカミ、皇祖神アマテラスなどから説き明かし、歴代の天皇の血統《ルーツ》、系譜を語っています。なぜ天皇家が日本の国を支配しているのか、天皇が日本の国のオーナーなのか。あるいはまた、天皇の、日本国王としての「王権」＝王としての権威と権力は、どのように形成されたのか。それら権力形成の問題、「王権」を主題として語ったものが、カミガタリ＝神話なのです。

もう少し説明しますと、『古事記』・『日本書記』という、日本の国を統一した大和朝廷の神話（＝正史）以前にも、各豪族は、それぞれのカミガタリを持っていたと思われます。ヤマト以外の大きな豪族・氏族たち、それらはイセ（伊勢）・スワ（諏訪）・イズモ（出雲）・コシ（越）などです。彼らには自分の先祖のカミである始祖神がどのような存在であったのか、その始祖から自身の氏族の血統《ルーツ》を解き明かしたものがあって、それがカミガタリ＝氏族伝承なのでした。

俗に「勝てば官軍、負ければ賊軍」ということばもあるように、それら有力だった豪族・氏族もヤマトに破れ、ヤマトに取り込まれることにより、それらカミガタリも、最終的に勝利した朝廷の側によって、都合よく関係性を書き換えられ過去を消去されてしまったものと思われます。

たとえば『古事記』・『日本書記』において、皇祖神アマテラスの弟として系譜的には位置づけがなされているスサノヲなのですが、反逆者として追放されてしまうような負《マイナス》の筋立てとなってしまうのも、それ自身が本来はヤマトのカミなのではないからでしょう。

さてモノガタリは、前述したカミガタリが終息した後に起こった、散文のたジャンルです。カミガタリがカミについての語り、カミを主人公としての語りであったのならば、モノガタリは、モノについての語り、モノを主人公として語ったものだと、一応規定できます。そうであるならば、モノとは何か。折口信夫流の解釈をしてみましょう。「物の気《もののけ》」、「物部《もののべ》」、「三輪の大物主の神《みわのおおものぬしのかみ》」などの「モノ」の用例から鑑《かんがみ》るならば、カミほどは偉くはないが、ふつうの人間の能力をはるかに超えている、霊物《れいぶつ》を指しているのではないのか。したがって、モノとは一言でいってしまえば、超人を意味していると言えるでしょう。

現存する最古の物語は、『竹取物語』です。その主人公はかぐや姫で、彼女はモノだと言えます。ここでモノガタリの主人公の特性を列記するならば、まず異常な誕生の仕方をします。かぐや姫は、竹の中から「三寸」ばかりの「小さ子《ちいさご》」（柳田國男『桃太郎の誕生』）として誕生し、僅《わず》か三月ばかりで一人前の女性の身の丈にまで、異常に成長をしてしまいます。こうした特徴は、「物語」というジャンルの終息した後に成立した、「お伽草子《とぎそうし》」や「昔話」の主人公たち、一寸法師や桃太郎などを想起させます。彼らはかぐや姫の生育パターンを踏襲《とうしゅう》しており、彼らはかぐや姫の後輩たちであるといえるでしょう。

否《いな》、かぐや姫のすぐの後輩は、『源氏物語』の主人公の光源氏でしょう。光源氏の「光る」は、光り輝《かがや》くというオーラを、あくまでも比喩《ひゆ》として表現したものです。対してかぐや姫は、「輝く姫《かがやくひめ》」という意味合いで、実際に蛍《ほたる》のように身体が発光し、光り輝いていました。竹取の翁の体験によればこの光は、憂《うれ》いを忘れさせ気持を和《なご》ませ、ストレスを緩和してくれる効能があったようです。人間の感情《こころ》に作用する、カリスマ性のある光です。

…屋《や》の内は暗き所なく光満ち足り。翁、心地悪《ここちあ》しく苦しき時も、この子を見れば苦しきこともやみぬ。腹立たしきこともなぐさみけり。

（新編日本古典文学全集「かぐや姫の発見と成長」18～19頁）

〔かぐや姫の身体から発光する光によって、建物の内部で暗いところはなくて光が満ちている。翁は、気分が悪くて苦しい時も、この稚児《ちご》を見ると苦しいことも無くなる。腹立たしい感情も癒《いや》されてしまう。〕

しかし、この光は両義性があって、正《プラス》の性質ばかりではありませんでした。このかぐや姫の光は、彼女を連れ戻しにやってきた月世界の天の人々も同様に光り輝いており、刃向かう地上の人々に対しては、負《マイナス》に作用しています。

かかるほどに、宵《よひ》うちすぎて、子《ね》の時ばかりに、家のあたり、昼《ひる》の明《あか》さにも過ぎて、光《ひか》りたり。望月《もちづき》の明さを十合《とをあは》せたるばかりにて、在《あ》る人の毛の穴さへ見ゆるほどなり。大空より、人、雲に乗りて下り来《おき》て、土より五尺ばかり上《あが》りたるほどに立ち連ねたり。内外《うちと》なる人の心ども、物におそはるるやうにて、あひ戦はむ心もなかりけり。

からうじて、思ひ起こして、〈弓矢をとりたてむ〉とすれども、手に力もなくなりて、萎《な》えかかりたる。中《なか》に、心さかしき者、念《ねん》じて〈射《い》む〉とすれども、ほかざまへいきければ、荒れも戦はで、心地《ここち》ただ痴《し》れに痴《し》れて、まもりあへり。

（「かぐや姫、帝の召《め》しに応ぜず昇天す」70〜71頁）

〔そうこうするうちに、宵の時刻も過ぎて、真夜中の子の時くらいに、家の周辺は、昼間の明るさ以上に明るくて、光っている。その明るさを例えると、満月を十合わせたくらいの明るさで、そこに居る人の毛穴が見えるほどである。大空から、人が、雲に乗って地上に下りてきて、地面から五尺（＝約150㎝）くらい上がった高さの空間に立ち並んでいる。この光り輝く天の人々の姿を見ていた家の外に居る人・家の内に居る人の心は、目には見えないモノに襲われるような感覚がして、気持が萎えてしまい、あえて戦おうという気力も無くなってしまったことだ。それでも中には気丈夫な者が、ようようのことで弓に矢を〈番《つが》え射ろう〉とするのだけれども、見当はずれの方向に飛んで行ってしまって、荒々しく戦うこともしないで、知力が麻痺してしまい、ただ互いに目を見合わせるばかりである。〕

さて、光源氏の「光る君」というニックネームは、誰によって命名されたのでしょうか。

〈世にたぐひなし〉と見たてまつりたまひ、名高うおはする宮の御容貌《かたち》にも、なほにほはしさはたとへむ方《かた》なく、うつくしげなるを、世の人「光る君」と聞こゆ。藤壺ならびたまひて、御おぼえもとりどりなれば、「かかやく日の宮」と聞こゆ。

（「桐壺」①44頁）

〈弘徽殿《こきでん》の女御《にょうご》が〈この世にかけがえのないお方〉と見申し上げなさる、また世間にも評判の東宮のお顔だちに比べても、源氏の君のつややかな美しさはたとえようもなく、愛らしいので、世間の人は「光る君」と申し上げる。藤壺の宮も源氏の君と肩をお並べなされて、帝のご寵愛もそれぞれ厚いので、「輝く日の宮」と申し上げる〉

このように世間の人が命名したと語っているのですが、なぜか巻の末尾には、

「光る君」といふ名は、高麗人《こまびと》のめでつけたてまつりける」とぞ言ひ伝へたる」となむ。

（同50頁）

〔この「光る君」という渾名《あだな》は、高麗人《こまびと》がおほめ申し上げお付け申した」と言い伝えている」と（聞いています）〕

とあって、命名は高麗人だとしており、前述とは矛盾しています。しかも、「とぞ言ひ伝へたる」・「となむ」と二重に「伝聞」化されその韜晦によって、誰がそんなことを言ったのか、その元の真実には辿《たど》りつけないように、「虚構」化がなされているともいえます。

ともあれ光源氏は、かぐや姫のように発光はしていなかったものの、その光り輝くと称されたオーラには、やはり人の気持に強烈に作用するカリスマ性があったのでしょう。母方の血筋をすべて失って孤立無援の宮廷社会において、「いみじき武士《もののふ》、仇敵《あたかたき》なりとも見てはうち笑《ゑ》まれぬべきさま」（同39頁）というカリスマの力によって、彼には仇敵の弘徽殿の女御方の人々さえも、つい微笑んでしまうというたいへんな威力なのですが、この光がもたらしたものにほかなりませんでした。

（東原）

Q3 『源氏物語』を読むために、「作者の伝記」を知っている必要はあるのでしょうか？

A 『源氏物語』には書き手として紫式部という作家が存在していました。しかし、現在に生きる私たちが『源氏物語』という作品を読む場合、紫式部その人の伝記的な事象を、特に考慮する必要はないと思われます。紫式部を知らなくても、『源氏物語』を読むこと、作品の理解に特に支障はない。逆に言ってしまえば、紫式部の伝記を知ったとしても、『源氏物語』をよりすばらしく理解できるとは限らないということです。

そのことは、皆さん各自の読書体験・文学体験を振り返ってみれば、理解できることではないでしょうか。私たちは学校教育を通して、中学校や高等学校の教科書で多くの文学作品を読んできました。その時、私たちははその作品を書いた人物がどんな人なのか、伝記的な事実を必ずしも知悉していませんでした。否、その後も特にその作品の書き手を知らなくても、その作品の理解に支障はなかったはずです。それは、何を意味するのでしょうか。

作家の存在は、作品の成立において不可欠の要素ですが、成立してしまって、今ここにある作品を読んで理解するに当たっては、特に書き手の介在を必要していないということを意味しています。

たとえば皆さんは、太宰治の『走れメロス』を読むに当たって、作者太宰治の伝記的な知識を必要としたでしょうか？多分どなたも作者などぜんぜん知らなくても、『走れメロス』は感動的に読むことができたはずです。教師によっては、「この時の太宰治は作家として…」という作家論的な観点から、創作事情的な作品の外側からの説明をされて、それを聴かれた方もいたかもしれませんが、『走れメロス』の内側・虚構世界の理解には果たして何か役に立ったかどうか。その時の太宰治の精神状態なんて、虚構世界の論理には、何の関係もないですからね。

『走れメロス』を読んで感動するのは、読者であるあなたが今までの自己の経験・体験・倫理観・自分の友達との友情等々と『走れメロス』の虚構世界とを重ね合わせ、その重なる部分とズレる部分とを自己の中で読み味わい、感慨を催すからに相違ありません。それが、『源氏物語』に代わったというだけです。

それでも「私は紫式部の伝記を知りたいわ」という方は、個人的にお勉強すればよいと思います。

初学者が紫式部の伝記として、それなりに学術的な成果を取り込み、自然な書き方で彼女の伝記的なエピソードを立体的に創作したものとして、私がひとつ入門書として推薦するとしたら、三枝和子作『小説紫式部』河出文庫、二〇二三年ではないでしょうか。ぜひ一読を。

（東原）

Q4　「いづれの御時《おほむとき》にか…」と「桐壺」巻頭を語っているのは「紫式部」ではないと聞きましたが、ほんとうでしょうか？

A　本当です。まず、『源氏物語』の著者として、作品の外部の歴史世界に実存した「紫式部」と内部の虚構世界で語りの声を発している、複数の「語り手」としての女房たちの存在とを区別する必要があります。

『源氏物語』の虚構世界は、貴人の身辺に侍る女房たちが語り手となり、作品は、それらの見聞・伝聞された複数の伝承が編集され物語化されたという建て前になっているわけです。玉上琢彌《たまがみたくや》によると『源氏物語』の虚構世界は、主人公の様態を見聞者として語り伝える古御達《ふるごたち》よって語られ、それを筆記・編集する女房が記録し、その記録された物語本文を、絵とともに読み聞かせる女房の朗読を観照者《かんしょうしゃ》（＝姫君）が享受するという三段階の過程としてあるいうわけです（玉上琢彌「物語音読論序説」・「源氏物語の読者」『源氏物語研究源氏物語評釈別巻一』角川書店、一九六六年。「女による女のための女の物語」『物語文学』塙書房、一九六〇年）。

著者として作品の外部の歴史上に生きた紫式部は、極官を越後守正五位下とする藤原為

Q４　「いづれの御時《おほむとき》にか…」と「桐壺」巻頭を語っているのは「紫式部」ではないと聞きましたが、ほんとうでしょうか？

時を父として受領階層（地方官）の娘として生まれ、同じ受領の右衛門権佐兼山城守正五位上の藤原宣孝に嫁しています。夫の死後、一条天皇中宮、上東門院彰子（藤原道長の娘）に中宮付きの女房として仕えましたが、受領階層という出自を考えれば、上臈の女房であったとは思われず、彼女の立場から『源氏物語』「桐壺」巻頭内裏の場面を語ることは不可能でしょう。

いづれの御時《おほむとき》にか、女御《にようご》、更衣《かうい》あまたさぶらひたまひける中《なか》に、いとやむごとなき際《きは》にはあらぬが、すぐれて時めきたまふありけり。はじめより〈我は〉と思ひあがりたまへる御方々《かたがた》、めざましきものにおとしめそねみたまふ。同じほど、それより下臈《げらふ》の更衣たちは、ましてやすからず。朝夕《あさゆふ》の宮仕《みやづかへ》につけても、人の心をのみ動かし、恨みを負ふつもりにやありけん、いとあつしくなりゆき、もの心細げに里《さと》がちなるを、いよいよあかずあはれなるものに思《おも》ほして、人の譏《そし》りをもえ憚《はばか》らせたまはず、世の例《ためし》にもなりぬべき御もてなしなり。

（小学館新編日本古典文学全集「桐壺」①・17〜18頁。ただし、内話文には山括弧〈〉を施し、加工してある）

〔いったいどの帝の治世《ちせい》であったのか、女御や更衣がたくさんお仕えされている中に、最高の身分とはいえぬお方が、格別にご寵愛《ちょうあい》をこうむっておられるお方がいた。宮仕えの最初から〈私こそは一番…〉と自負されていた女御のお方々は、この方（桐壺の更衣）を、目に余る奴だとさげすみ憎しみなさる。同じ身分の更衣たち、またそれよりもさらに地位の低い更衣たちは、女御方よりも、まして一層心穏やかではいられない。桐壺の更衣による朝夕の帝へのご奉仕につけても、見ているだけの皆の、気持を逆撫《さかな》でてばかりいたので、その恨みの感情が積もりに積もって、彼女は病がちの身となり、何となく心細そうに、里下がりすることが多くなった。それを帝は、益々堪《たま》らなく不憫《ふびん》な奴と思《おぼ》し召《め》されて、他人《ひと》からの非難に気遣われる余裕さえもなく、世間の語り草にならずにはすまない程のおもてなされようである。〕

ところで『源氏物語』の冒頭の言説は、通常いわれるところの草子地などではなく、地の文です。でも、そこは桐壺更衣に対して、「ありけり」という明らさまな待遇＝差別意識を表明する語り手の素貌《すがお》が露呈している部分だともいえます。

この場面における待遇表現（敬語）のなされ方は、「御方々」に代表される女御たち

Q４　「いづれの御時《おほむとき》にか…」と「桐壺」巻頭を語っているのは「紫式部」ではないと聞きましたが、ほんとうでしょうか？

（三位以上）には、「御」・「たまふ」という敬語が用いられているのに対して、「同じほど、それより下臈《げらふ》の更衣たちは、ましてやすからず」と更衣たち（四位以下）には敬語が付かないという法則性を指摘することができるでしょう。

　また桐壺更衣自身に対しては、なかなか微妙な用いられ方がなされています。「ありけり」「ありけり」であって「おはしけり」ではないということ。これは「昔、男ありけり」（『伊勢物語』）と同様で、単に存在したということを無敬語で示す動詞なのです。「女御」たちには用いられていた「たまふ」が、この部分だけにしか用いられていない理由も、帝の皇妃として格別な寵愛を被っている方という事情から、特に帝を意識しての待遇としてでしょう。したがって彼女個人に対しては、「おはしけり」ではなく「ありけり」と無敬語なのです。そしてその出自を「いとやむごとなき際にはあらぬ」とする判断も絶対的なものではなく、この場面を語る立場の者の目の高さからなされた、きわめて主観的で相対的な独自の認知だと言えるでしょう。

　すでに金岡孝（「源氏物語の表現主体」『文章についての国語学的研究』明治書院一九八九年）や三谷邦明（「源氏物語における〈語り〉の構造」『物語文学の方法Ⅰ』有精堂出版一九八九年）などによって指摘されているように、地の文における敬語の使用は、〈語り〉の対象だけではなく、〈語り〉の場の状況や語り手自身の位相をも表出してしまう機能を逆説的に有しており、したがって、「桐壺巻の〈語り手〉は、内裏の様子を俯瞰することが出来る、かつ、女御には敬語を用いても更衣には使用しなくてよい「典侍」のような人物」が設定されていると思われるのです（三谷邦明「源氏物語第三部の方法」『物語文学の方法Ⅱ』有精堂一九八九年。三谷「〈語り〉と〈言説〉――〈垣間見〉の文学史あるいは混沌を増殖する言説分析の可能性――」『源氏物語の言説』翰林書房、二〇〇二年）。

つまり『源氏物語』「桐壺」巻は、「典侍」という実体的な〈語り手〉を設定することで、初期物語的な視点の全知性を制限し、等身大の視野と立場とを確保することができたのです。このように潜在的にではですが、『源氏物語』は地の文にも〈語り手〉が現象しているのです。〈語り手〉は地の文を含め、それがどのように語られているのかという言説の次元の問題として考察がなされるべきなのです。

（東原）

Q４　「いづれの御時《おほむとき》にか…」と「桐壺」巻頭を語っているのは「紫式部」ではないと聞きましたが、ほんとうでしょうか？

Q5 光源氏が女性と関係することと、彼の立身出世とはどのように関わりますか?

A 『源氏物語』を読んだことが無い人ほど、光源氏が単なる「女たらし」で、『源氏物語』は、西洋のプレイボーイやドン・ファンの話と混同していますが、以下の理由でそれはまったく間違っていることが解ると思います。

桐壺帝は、光君の臣籍降下を決定するに当たり、高麗《こま》の相人《そうにん》（人相見）に、その身分を隠して人相を見させました。

相人《さうにん》おどろきて、あまたたび傾《かたぶ》きあやしぶ。「国の親となりて、帝王の上《かみ》なき位にのぼるべき相《さう》おはします人の、そなたにて見れば、乱れ憂《うれ》ふることやあらむ。おほやけのかためとなりて、天下を輔《たす》くるかたにて見れば、またその相違《たが》ふべし」と言ふ。

（新潮日本古典集成「桐壺」31頁）

（相人は驚いて何度も何度も首を傾けて不思議がる。「国の親となって帝王という最高の位にのぼるはずの相のおありになる方であるが、さてそういう方として見ると、世が乱れ民の苦しむことがあるかもしれません。ただ朝廷の柱石となって、天下の政治を補佐するという方として判断すると、またその相が合わないようです」と言う」

臣下として終わる「人相」ではない、光君の「帝王相《ていおうそう》」を確認した桐壺帝は、なぜか皇位継承権を剥奪するためであるかのように、彼の臣籍の降下を決断したのです。このことによって、光君は源氏となり、制度の上では絶対に「天皇」として即位することができなくなってしまったのです。

ところがその光源氏は、『源氏物語』の第一部の最終巻、第33巻「藤裏葉《ふじのうらは》」巻において、「准太上天皇《じゅんだじょうてんのう》」という称号を得ています。「太上天皇」とは、「天皇」を辞した「前天皇」＝「上皇」という意味で、「准」は、それに准ずるという意ですから、光源氏は、即位していないにもかかわらず、「天皇経験者に准ずる位」を称号として得たことになります。

そうであるのならば、臣籍降下により、皇位継承権を失い、制度上、天皇になることができなくなってしまった光源氏が、なぜ「天皇経験者に准ずる位」という称号を得ることができたのでしょうか。

三歳で母桐壺更衣に死に別れ、七歳でまた、更衣の母北の方（＝祖母）に死別した光源氏は、宮中では天涯孤独の存在となってしまいます。元服の後に葵の上《あおいのうえ》と縁づけられ、左大臣家の婿になったとはいえ、臣籍降下により、皇位継承権を剥奪されてしまった彼が、天皇としての栄華を極めることは、もはや絶対に不可能なことです。つまり、『源氏物語』において、天皇位＝「王権」そのものが、主題化されることは考えられません。

そうであるのならば、そのような光源氏が権力を奪取する手段は、何でしょうか？それは、父桐壺帝の王権を侵犯すること、「密通」をすることです。具体的には、王者の寵妃《ちょうひ》藤壺の宮と通じて（＝密通）男の子を生ませ、その子を皇太子にし、即位させて、自分は秘かに「天皇の父」として振舞うことです。密通という大変な負《マイナス》の行為が、光源氏の権力と栄華という絶大な正《プラス》をもたらす、仕組みとなっているのです。「王権」を「侵犯」することこそが、光源氏に権力をもたらすという構造なのであり、「王権侵犯」こそが、『源氏物語』の主題なのです。

冷泉帝《れいぜいのみかど》は、系図上では光源氏の弟ということになっています。しかし、母藤壺が亡くなった時、夜居僧都《よいのそうず》から、「光源氏が実の父であり、そのことを知らずに実父を臣下として召し使っているので、天変地異が起こるのだ」という密奏を受けました。そこでつらつら考えたところ、自分は儒教の「孝」を犯すものとして、「譲位」するほど深刻に悩み、以後、光源氏を「実の父」として自覚することにより、彼を異常に厚遇しました（「薄雲」

巻）。物語のご都合主義で、帝が実の父を知り、「不孝」ではないことになり、天変もいつの間にか治まってしまいます。

さて、秘密裏にですが、時の帝、冷泉の「天皇の父」であることによって光源氏は、間接的に天皇の権威と権力＝王権を振るう立場となってしまったのです。これが栄華の正体です。

「准太上天皇」という称号も、実は「密通」によってこの世に生を受けた我が子、冷泉から得たものでした。

深澤三千男という『源氏物語』の研究者は、これを、光源氏の「潜在王権《せんざいおうけん》」と称しました（「光源氏の運命」『源氏物語の形成』桜楓社一九七〇年）。

（東原）

Q５　光源氏が女性と関係することと、彼の立身出世とはどのように関わりますか？

Q6 桐壺の更衣は、なぜこれほどまでに帝から偏愛されたのでしょうか？

A 桐壺の更衣が、なぜこれほどまでに帝から偏愛されたのか、その理由を考えてみましょう。
重体に陥り、自他の区別もつかないほど息も絶え絶えの桐壺の更衣は、最期に帝に何か訴えたいことがあったようでした。

帝**「限りあらむ道にも、『後《おく》れ先立《さきだ》たじ』と契らせたまひけるを、さりともうち棄《す》てては、え行《ゆ》きやらじ」とのたまはするを、女《をんな》も〈いみじ〉と見たてまつりて、「かぎりとて別るる道の悲しきにいかまほしきは命なりけり／いとかく思ひたまへましかば」と、息も絶えつつ、聞こえまほしげなることはありげなれど、……**

（小学館新編日本古典文学全集 ①22～23頁）

〈「時期が定められている死出の道にも『死に遅れ、独り先立つまい、だから一緒に』とお約束なさったのに、いくら何でも私を残して先には、ゆくまいね」とおおせになるのを、女も帝を〈おいたわしい〉と存じあげて、
限りとて……〈それが定めとして別れなければならない死出の道が悲しく思われるにつ

けても、私が行きたいのは、生きる方の道でございます）ほんとうに、こんなふうになると存じていましたら……」と、息も絶え絶えに申し上げたいことはありそうではあったが、まことに苦しげで大儀な様子なので、……」

さて重体の桐壺の更衣が、帝に訴えたかったこととは、何だったのでしょうか？死後、更衣の里邸に、靫負《ゆげひ》の命婦が帝の勅命により弔問《ちょうもん》を行い、母君からその告白を聞きます。

「…生《む》まれし時より、思ふ心ありし人にて、故《こ》大納言、いまはとなるまで、ただ、『この人の宮仕《みやづかへ》の本意《ほい》、かならず遂《と》げさせたてまつれ。我亡《な》くなりぬとて、口惜《くちを》しう思ひくづほるな』と、かへすがへす諫《いさ》めおかれはべりしかば、はかばかしう後見《うしろみ》思ふ人もなき交じらひは、〈なかなかなるべきこと〉と思ひたまへながら、ただ〈かの遺言《ゆいごん》を違へじ〉とばかりに出だし立てはべりしを、身にあまるまでの御心ざしのよろづにかたじけなきに、人げなき恥《はぢ》を隠しつつまじらひたまふめりつるを、人のそねみ深くつもり、やすからぬこと多くなり添ひはべりつるに、よこさまなるやうにて、つひにかくなりはべりぬれば、」

（①30～31頁）

Q６　桐壺の更衣は、なぜこれほどまでに帝から偏愛されたのでしょうか？

〔亡くなった娘は、生まれた時から親が望みを託した人で、父の故大納言が臨終《りんじゆう》の際《きわ》まで、ただ『この人の宮仕えの本懐を必ず遂げさせてさしあげよ。私が亡くなったとしても、不本意に志を捨ててはならぬ』と、繰り返し言いさとしておりましたので、しっかりとした後ろ盾《うしろだて》となる人も無い宮仕えは、〈かえってせぬがよいことだ〉と存じながら、〈ただ亡夫の遺言に背くまい〉というだけで、宮仕えに出させていただきましたが、過分なまでのお情けが何かともったいなくて、人並みに扱われない恥を忍び忍びして、宮中の交際を続けてこられたようですが、他人《ひと》の嫉みが深く積もって、気が休まらない事も多くなってゆきましたところに、横死といった感じで、終にこのようになってしまったので……〕

ふつう娘を入内させることは、自身が「外戚」として権力を振るう事を意味しています。ところが、この桐壺の更衣の父親故大納言のように、自身の死後の入内では権力を行使することができません。この故大納言の「遺言」＝遺志は、「権力の行使を放棄」し、その代わりにただこの自分の家筋を、王統に繋げることだけを願っていたようです。つまり、孫、光君が皇太子となり、次の帝となることだけが願いであったということです。しかし、こうした考え方は、一般的には歴史的事実としてはありえないことで、「歴史離れ」を起こしています。ですが、これが『源氏物語』の独自の思想なのでしょう。

したがって故大納言の遺志を継いで入内した娘、桐壺の更衣が重体の身で最期に帝に訴えたかった事の内容も、光君の立坊（＝皇太子となること）から将来の即位（＝帝となること）の願いだったのではないでしょうか。

弔問から戻った靫負《ゆげひ》の命婦が帝に復命報告し、帝は桐壺の更衣の母からの手紙を読んだ後、次のように述べています。

「故大納言の遺言《ゆいごん》あやまたず、宮仕《みやづかへ》の本意《ほい》深くものしたりしよろこびは、〈かひあるさまに〉とこそ思ひわたりつれ。言ふかひなしや」とうちのたまはせて、いとあはれに思しやる。「かくても、おのづから、若宮など生ひ出《おい》でたまはば、さるべきついでもありなむ。〈寿長《いのちなが》く〉とこそ思ひ念ぜめ」などのたまはす。（34頁）

〈故大納言の遺言をよく守って、宮仕えをという当初の志をどこまでも持ち続けてくれたそのお礼には、〈その甲斐があったようにしてあげよう〉と常々心にかけてきたのだが、今は（肝心の更衣が亡くなり）言う甲斐もないことだ」と仰せられて、母君の身の上をひどく不憫に思いやる。「更衣は亡くなってしまったが、いずれ若宮が成人でもなされたなら、しかるべき機会もあるだろう。〈長生きして〈その時を〉〉と思いこらえてほしい」と仰せになる」

帝は、桐壺の更衣が入内した時から彼女の家筋の特殊な事情、「故大納言家の遺志」を知る、唯一の理解者でり、同情者であったことが解ります。

それと同時に帝自身の「主義」として、「権門による外戚政治」を拒否し、抵抗する姿勢を示している点もあります。その政治状況になることを、少しでも引き延ばしたいという姿勢です。しかし、ぐずぐず引き延ばすのみで、帝自身に有効な対策があるわけではありません。

ここで「権門」とは、藤原氏の大臣家、具体的には弘徽殿の女御の出た、右大臣家を意味します。この宮廷は、不思議なことに、帝の嫡妻（正妻）に相当する「皇后」が空席です。これも「歴史離れ」であり、「皇后」不在は異常な状況で、そもそも弘徽殿の女御を「皇后」に昇格させてしまえば、後宮の内紛も終息したことでしょう。第一の妃を「皇后」にせず、第一の皇子を「親王」にもしないという、帝の引き延ばしの政策?!が、結局、桐壺の更衣に死をもたらしたとも言えます。

故大納言家の遺志を知っていたにもかかわらず、また帝自身も光君を東宮に立てたかったのでしょうが、その希望を果たせず彼を臣籍に降下させ皇位継承権を剥奪し源氏としたのは、

〈坊《ばう》にも、ようせずは、この皇子《みこ》のゐたまふべきなめり〉と、一の皇子の女御は思《おぼ》し疑へり。（同19頁）

〔（帝が、我が子を）皇太子にするという決断をされないのは、この第二の御子が皇太子に立たれるからではなかろうか〉と危惧の念を抱いておられる〕

という叙述もあったように、桐壺の更衣のみならず、その子までも政争の犠牲となることを恐れたからでしょう。しかし、帝が抵抗することとの限界です。

以上のような、死者の「遺言」、「家の遺志」が生者の思考を呪縛し、光源氏の生きる方向性を規制するという考え方、「鎮魂的な主題」は、藤井貞和に拠るものです（「ふたたび「桐壺の巻」について」『源氏物語入門』講談社学術文庫、一九九六年）。

（東原）

Q６ 桐壺の更衣は、なぜこれほどまでに帝から偏愛されたのでしょうか？

Q7 「葵」巻車争いの場面は、「誰」の立場から叙述されているのでしょうか？

A 六条御息所は光源氏の正妻葵の上＝左大臣家との車の所争いを契機に、生霊と化してしまいます。当該場面はもちろん語り手によって叙述されているに相違ないのですが、子細に検討してみると、六条御息所自身がその立場から語っていることが解ります。以下、それについて述べてみましょう。

新斎院御禊《ごけい》の日のこと、一条大路は祭り見物の人々で立錐《りっすい》の余地もないほど混雑していました。そこに遅れて到着した葵の上一行は、牛車の駐車場所を確保するため、左大臣家の威光を傘に着て周囲の車を強引に押し退けて排除してゆきます。その中には、「ことさらにやつれたるけはひしるく見ゆる車」（「葵」巻②22頁）があって、その車をめぐって双方の供人どもが車の所争いを始めてしまいました。ここで〈語り〉の主体は、事件の被害者の側に焦点を合わせています。

斎宮《さいくう》の御母御息所《みやすどころ》、〈もの思し乱るる慰めにもや〉と、忍びて出でたまへるなりけり。（23頁）

〔斎宮の母君の御息所が、〈物思いで乱れる苦しい胸の中も晴れようか〉と、お忍びでお出かけになられた車なのであった。〕

新編日本古典文学全集の頭注一五は、「源氏ゆえに思い乱れている気持ちも、源氏を見たら慰むこともあろうかと、人目にたたぬように出かけたのだ、と車の主が明かされる。「なりけり」とあり、語り手が御息所の存在にはじめて気づいたとして語る」という指摘をしています。付け加えるならば、「忍び出でたまへる」とあるように、彼女は地の文においては通常「たまふ」等の敬語をもって待遇されるべき人物なのです。ところが次の、

つひに御車ども立てつづけつれば、副車《ひとだまひ》の奥に押しやられてaものも見えず。心やましさをばさるものにて、かかるやつれを〈それ〉と知られぬるが、bいみじうねたきこと限りなし。榻《しぢ》などもみな押し折られて、すずろなる車の筒《どう》にうちかけたれば、またなう人わろく、〈悔《くや》しう何《なに》に来つらん〉とc思ふにかひなし。（同頁）

〔左大臣家方は、とうとうお車の列を乗り入れてしまったので、御息所の車は自然にお供の車の奥に押しやられて、a何も見えない。情けなさはもとよりとして、このよう

な人目を忍んでみすぼらしい姿に装って来たのを〈御息所ご本人〉と知られてしまったのが、bひどく無念であること、このうえない。榻《しぢ》などもすっかり押し折られて轅《ながえ》をなんということもない車の轂《こしき》にうちかけてあるので、またとなく体裁がわるくて、〈悔《くや》しい一体何のためにわざわざ出てきたのか〉と思うとcまったく甲斐がない。」

という叙述にいたって、彼女の発話や思考に対してまったく敬語が用いられていないことに気づきます。敬語の消失です。〈これは、どうしたことであろうか〉と、首をひねりながら続きを読んでいくと、

〈ものも見で帰らん〉としたまへど、通り出でん隙《ひま》もなきに、「事なりぬ」と言へば、さすがにつらき人の御前渡《まへわた》りの待たるるも心弱しや、笹《ささ》の隈《くま》にだにあらねばにや、つれなく過ぎたまふにつけても、なかなか御心づくしなり。（同頁）

〈御息所は、〈見物を諦《あきら》めて帰ろう〉となさるけれども、抜け出せる隙間も無いので困惑しているうちに、「行列のお通りだ」と言うので、さすがに、恨めしいお方がお前をお通りになられるのをお待ちになるのも女心の弱さというものよ、ここは「隈《くま》」（＝物

陰）であっても「笹《ささ》の隈《くま》」ですらないからなのか、光源氏の君がすげなく通過なさるにつけても、なまじお姿を拝しただけにかえって心も尽き果てたという思いでいられる。

となっており、元どおり「たまふ」や「御」の敬語が用いられているのです。したがって前掲の叙述だけが、きわめて異質で特殊だといえるでしょう。

当該場面を鈴木日出男は、次のような先駆的かつ、詳細な分析を提示しています。

> 直接的には御息所の心中をさしていようが、それだけではあるまい。何らの敬語表現を伴わないこの叙述は、それゆえ彼女の直接の心中叙述でもあるまい。「いみじうねたきこと限りなし」や「思ふにかひなし」の文末は、前文の末尾「押しやられてものも見えず」からの連続であり、作中人物の心情そのままであるよりも、語り手の口吻をもってしめくくられた体である。これは御息所と従者たちとの共通感情が、語り手の共感によってとりおさえられているということではないか。車を蹴ちらされたことよりも、忍び姿の実体があばきたてられたことへの恨めしさが注目されるのだが、それは心内を見すかされた御息所の痛恨を含むとともに、そのような女主人に従うしかな

い従者たち自身の侮蔑される痛恨をも含んでいよう。

（鈴木日出男「車争い前後──六条御息所と光源氏（一）」『源氏物語虚構論』東京大学出版会、二〇〇三年）

この鈴木論文は、この叙述に登場人物の心情と語り手の口吻という二つの異質な話声が響き合っていることを発見しているのであり、特に前者に六条御息所の痛恨のみならず、その「従者たち自身の侮蔑される痛恨をも含んでい」るとする読みは卓抜であり、多大な示唆と説得力を感じます。ただし、「語り手（…）によってとりおさえられている」とする認識は、いかなる時もつねに語り手が登場人物の発話を管理し、聞き手に取り継ぎ伝達しているという印象を与えかねないのではないでしょうか。これは、

語り手の発話＝優位／登場人物の発話＝劣位

という権力関係を構成してしまうことになり、私にはそうした理解は些か問題があるように思われますが、どうでしょうか。ここでは、現在の言説分析の立場から以下私見を述べてみたいと思います。

まず、**a「もののも見えず」**は、〈言説〉の分類・区分からいえば、自由直接言説 freee direct discourse であり、登場人物の発話を地の文において直接的に綴ったものです。G・プリンスは、「所与の登場人物の発話・思考を、語り手の介在（付加（tag）、引用符号、ダッシュなど）を排除して、あたかも当該登場人物が為しているかのように提示する言説の類型（type of discourse）」としています（ジェラルド・プリンス／遠藤健一訳『物語論辞典』松柏社一九九一年。以下、プリンスの引用は同書）。

従来、三谷邦明によって「同化的視点」・「同化的言説」と呼ばれていたものと同一で、三谷は後述する「自由間接言説」と対の関係において把握しており（三谷邦明「源氏物語の〈語り〉と〈言説〉」三谷編『源氏物語の〈語り〉と〈言説〉』有精堂出版一九九四年）、便宜的には、「会話文」（一人称・対話・直接言説）や「内話文」（一人称・独白・直接言説）から鉤括弧をはずした文と理解してよいでしょう。

登場人物＝語り手＝読者

という等式を描くことができるのが、「自由直接言説」ということになります（いわば、一人称の地の文です）。つまり、ここでは登場人物がそのまま語り手なのであり、六条御息所が直接「ものも見えず」と独白しているのです。そして、我々読者も六条御息所に同化し、六条御息所自身となって「ものも見えず」と、嘆くことになるわけです。ゆえに、ここには三人称で登場人物の心中を推し量り、間接的に聞き手に取り継ぐ語り手、見聞者としての女房といったようなものは、まったく存在していないことになります。

これに対して、**b「いみじうねたきこと限りなし」・c「思ふにかひなし」**は、「自由間接言説」free indirect discourse であり、登場人物の「心中思惟」（一人称・独白・直接言説）と「地の文」を語る語り手の声（三人称・対話・間接言説）とが、併行して別々に二重に、二つの話声として読みとる（聞きとる?）ことができるものです。

G・プリンスは、「普通、その内部に、二つの文体、二つの言語、二つの声、二つの意味論的・価値論的体系の標識を混淆的に持つと考えられている」としています。

従来、「体験話法」・「疑似直接話法」・「自由間接話法」などと呼ばれてきたものが、この言説です。つまり、ここでは六条御息所が心の中で「いみじうねたきこと限りなし」・「思ふにかひなし」という声（一人称・独白・直接言説）を発していると同時に、語り手も「いみじうねたきこと限りなし」・「思ふにかひなし」という声（三人称・対話・間接言説）を、聞き手に向かって発しているのです。登場人物と語り手との関係は対等であり、優／劣・主

／従とという関係ではないからです。
また、語り手が、登場人物の発話を管理したり、間接的に取り継いでいるわけでもないのです。「自由直接言説」と「自由間接言説」、その言説的な差異は以上に述べたとおりです。ただし、私は、鈴木の「語り手の共感」という見方を肯定し、支持するものであることを付け加えておきたいと思います。

従来、車の所争いは、葵の上と六条御息所というふたりの現実の宮廷社会における「所」の違い、社会的地位《ステイタス》の類比《アナロジー》を、事件を通して語ったものである由説かれており（中井和子「葵祭」『講座　源氏物語の世界』第三集有斐閣一九八一年。）、また、『岷江入楚』も「これ物の怪になるべきはじめなり」と指摘しているところですが、いずれにしても、ここでは六条御息所自身が語り手と成って、自己の無念の思いを表出していると理解してよいでしょう。

心やましさをばさるものにて、かかるやつれを〈それ〉と知られぬるが、いみじうねたきこと限りなし。

「心やまし」と「ねたし」という二つの情意語の用いられ方、その絶妙な相関性に注目すべきです。たとえば「心やまし」の語義を『岩波古語辞典』は、「自分より優越していると認めた相手に対して感じる劣等意識や、敗北感をこらえている不愉快な感情を表わす。類義語ネタシは、自分の方が優越な人間だと思うのに、相手が結構いろいろなことをして、自分の思うままに行かないのを、小癪など思う感情をいう」とする定義をしています。

　最愛の男、光源氏の晴れ姿を、身をやつすことでしか見ることが叶わないというジレンマから「心やまし」と思わざるをえない彼女なのであり、そのみすぼらしい姿を相手もあろうに、葵の上という正妻一行に見られてしまった。そのことが、「いみじうねたきこと限りなし」なのです。格式からいっても自分とは互角であるはずなのに…と無念の思いにくれる六条御息所ではありました。しかし、逆説的に思考をめぐらせてみると、彼女は身をやつしたからこそこの場面において、語り手として地の文から語ることが可能になったのではないでしょうか。「やつし」の効果とでもいうべきでしょう。

　やつしたことによって彼女は、「たまふ」等の敬語で待遇されるべき社会的地位・身分を剥ぎとられ、通常語り手と目される女房の位相にまで、否、鈴木日出男論文が卓越的に指摘していた従者・供人の位相にまで。したがって当該場面における六条御息所の〈語り〉は、やつしによって実現したといえるのです。

（東原）

Q8 光源氏が行った「須磨」・「明石」とは、どんな場所だったのでしょうか？

A 光源氏が都から退去した理由は、朧月夜《おぼろづきよ》の尚侍《ないしのかみ》との密会の露見によります。右大臣方はこれを光源氏放逐の絶好の機会と捉え、謀反の罪を捏造することを画策します。光源氏は先手を打って「須磨《すま》」へと退去し、ポーズとして反省の姿勢を示したのです。しかし、須磨の地で流離の生活をしてみて一年、都への帰還はとうてい考えられず、自身の気持も萎えてきます。「須磨」巻末の、三月朔日上巳の祓の日の暴風雨は、そうした、光源氏の耐える気持の限界の指標として、まさに転換点《ターニング・ポイント》に発生しました。

源氏 八百《やほ》よろづ神もあはれと思ふらむ犯せる罪のそれとなければ

とのたまふに、にはかに風吹き出でて、空もかきくれぬ。御祓《はらへ》もしはてず、立ち騒ぎたり。「肱笠雨《ひぢがさあめ》」とか降りきて、いとあわたたしければ、みな〈帰りたまはむ〉とするに、笠も取りあへず。さる心もなきに、よろづ吹き散らし、またなき風なり。波いといかめしう立ちきて、人々の足をそらなり。海の面は、衾《ふすま》を張りたらむやうに光り満ちて、雷《かみ》鳴りひらめく。落ちかかる心地して、…

（「須磨」②217～218頁）

〈八百万の神も私を気の毒だと思ってくださるでしょう。私にはこれと言って犯している罪はないのだから

とおっしゃると、急に風が吹き出してきて、空も黒雲に覆われてしまった。お祓いもし終えず、供人たちが立ち騒いでいた。「肱笠雨」とかいうような俄雨《にわかあめ》が降ってきて、とてもあわただしいので、皆が〈お帰りになろう〉としても、笠を被る暇もなくて、そのような気配もなかったのに、何もかも吹き散らすという、これはまたとない風である。波も激しく立ってきて、人々の足が地に着かないほどである。海面は衾を張ったように一面光っていて、雷《かみなり》が鳴り閃《ひらめ》く。落雷するような感じがして…」

一貫して身の潔白を表明してきた光源氏ですが、その彼の、「**八百《やほ》よろづ神もあはれと思ふらむ……**」の和歌は、まさに天地鬼神《あめつちおにがみ》を動かす力として、八百万の神々に感応し、恐るべき暴風雨をもたらしました。

研究史を振り返ると、光源氏の言挙《ことあ》げに端を発したこの暴風雨の解釈として、罪の禊祓を捉えるものから、光源氏の潜在王権生成のプロセスを読む大胆な論稿まで種々あります。林田孝和「須磨のあらし」『源氏物語の発想』桜楓社、一九八〇年。同林田「源氏物語天変

の構造」『王朝びとの精神史』桜楓社、一九八三年。河添房江「須磨から明石へ」『源氏物語表現史　喩と王権の位相』翰林書房、一九九八年。阿部好臣「光源氏〈王権〉の生成―皇権授受と須磨流離」『物語文学組成論Ⅰ―源氏物語』笠間書院、二〇一一年。なお、暴風雨に際して出現する桐壺院の霊・住吉の神・海竜王・八百万の神・もののさとしのそれぞれの機能を詳細に分析したものに、柳井滋「源氏物語と霊験譚との交渉」『源氏物語研究と資料―古代文学論叢第一輯―』武蔵野書院、一九六九年があります。

さてまた光源氏は、住吉の神ほかよろづの神々に願を立ててもいます。

君は御心を静めて、〈何ばかりの過《あやま》ちにてかこの渚《なぎさ》に命をきはめん〉と強う思しなせど、いともの騒がしければ、いろいろの幣帛《みてぐら》捧《ささ》げさせたまひて、源氏「住吉《すみよし》の神、近き境《さかひ》を鎮《しづ》め護《まも》りたまふ。まことに迹《あと》を垂《た》れたまふ神ならば助けたまへ」と、多くの大願を立てたまふ。（同「明石」225～226頁）

〈光源氏の君はお気持を落ちつけて、〈どれほどの過失によってか、こんな渚で命を失うことがあろうか〉とことさら強く思い為《な》しているが、周囲が動揺しているので、色とりどりの幣帛《へいはく》をお供えなさって「住吉の神よ、あなたは近き境を鎮め護りなさる。

真実御仏《しんじつみほとけ》の顕《あらわ》れの神ならばお助けください」と、多くの大願を立てなさる。」

祖霊としての桐壺院の霊も、八百万の神々のひとつなのでしょう、疲労困憊《ひろうこんぱい》して居眠りする光源氏の「夢」に、助命に顕《あらわ》れます。

…故院ただおはしましながら立ちたまひて、院「などかくあやしき所にはものするぞ」とて、御手《て》を取りて引き立てたまふ。院「住吉《すみよし》の神の導きたまふままに、はや舟《ふな》出《で》してこの浦を去りね」とのたまはす。（「明石」228〜229頁）

〔亡き父の院が、ご生前のままに立ちなさって「どうしてこんな見苦しい所にいるのか」といって、光源氏のお手をとって引き立てなさる。「住吉の神が導きなさるままに、早く舟出をしてこの浦を去りなさい」とおおせになる。〕

光源氏が「明石」へと越境を決断したのは、桐壺院の霊の指示だとはっきりと判るのですが、しかし、院の霊は、なぜ「**住吉の神の導きたまふままに、……**」と、ことさらにその神意を示したのでしょうか。これは、前述の光源氏が住吉の神に願を立てていたことと符号します。

住吉の神は、「**近き境《さかひ》を鎮《しづ》め護《まも》りたまふ**」とあるように「境界」に関わる神なのです。（住吉信仰に関しては、豊島秀範「須磨・明石巻における信仰と文学の基層」『源氏物語の探究』第12輯、風間書房、一九八七年、『物語史研究』おうふう、一九九四年に所収。また、中島和歌子「明石の君と住吉信仰」（室伏信助監修・上原作和編集『人物で読む『源氏物語』第十二巻―明石の君』勉誠出版、二〇〇六年）は、『日本書記』から『源氏物語』までの住吉信仰に光を当てた労作。）

光源氏は、スマ（須磨）の地から、難波のスミヨシ（住吉）の神に向かって願を立てていたことになります。ここで、スミヨシ（住吉）の語義を民間語源説的《フォークエティモロジー》な解析を試みると、スミ（隅）とツマ（端）の語が、同一の語義であるということに気づきます。

大和朝廷（中心）から見て東国の末端（周縁）をアヅマ（阿端＝東）と呼び、また西国のそれをサツマ（真端＝薩摩）・オオスミ（大隅）と称するのですが、当該スミヨシ（住吉）・スミノエ（墨江）の地名も同様に、畿内東方陸地の末端部（周縁）の謂いであると解されます。住吉・墨江の地は、その彼方に西方極楽浄土という神話的な時空があると信仰されてきた難波の海に接した場所にあり、畿内におけるスミ（周縁）、辺境の地という意味であったようです（小林茂美「住吉の翁」『國學院雑誌』一九五八年三月）。

ならばスマ（須磨）の地も、同様にアヅマ・サツマにおけるツマ（端）の意味であり、畿内の周縁、最辺境の地の謂いでしょう（西郷信綱「アヅマとは何か」（『古代の声』平凡社、一九八五年）も、「ツマ」の原義を「端」＝「辺境」の意と説いています）。

そのスマ（須磨）の地において、光源氏は「境界」の神であるスミヨシ（住吉）の神に大願を立てていました。桐壺院の霊も、前述のとおり、指示を出していました。冥界における霊同士の連携で、須磨からの脱出の指示を与えたのでしょう。現在は兵庫県の一部地域なのですが、かつて「須磨」は摂津の国であり、「明石」は播磨の国であって別々の国、別々の地域でありました。前者が「畿内」であるのに対して、後者は「畿外」、京の都の、王権の及ばない「外部」なのでありました。

夙《つと》に藤井貞和も指摘していたように、ここに、旧「須磨の関」を象徴とする境界線の存在を認識すべきでしょう。「須磨」から「明石」へはその境界線を越えること、越境することになります。（藤井貞和「明石の君 うたの挫折」『源氏物語入門』講談社学術文庫、一九九六年。初出、一九七九年。）

光源氏が京の都（中心）から辺鄙な須磨（周縁）に自主的に退去しその地で不自由な生活

を送ることは、朱雀王権に対して「謹慎」の姿勢を示すポーズであり、パフォーマンスでありました。だから、この須磨の地に留まる限り、朱雀王権の「一臣下」として、主君に忠誠を誓う意味合いとなります。

『類聚三代格』巻十九禁制、寛平七年（八九五）十二月三日の条には、「五位已上及孫王不レ出二畿外一之制」という記述があり、孫王や五位以上の官人が許可なく畿内から出ることを禁じています。（高橋和夫「源氏物語―須磨の巻について―」『『源氏物語』の創作過程』右文書院、一九九二年。）だから、境界線を越え王権の及ばない畿外の明石の地に越境してしまえば、「謹慎」から「叛逆」へと、意味を反対に転じてしまいます。

河添房江は、『日本書記』神功皇后摂政元年二月の記事から明石が、麛坂《かごさか》・忍熊皇子《おしくまのみこ》が謀反を企てた王権簒奪の地としての、「赤石（明石）」の地であったことを指摘しています。「明石は、王権への叛逆の拠点となった歴史を担う」いわくのある土地なのです。（河添房江「須磨から明石へ」『源氏物語表現史　喩と王権の位相』翰林書房、一九九八年。）

ところで桐壺院が指示した住吉の神の導きとは、具体的には明石の入道による、迎えのことでした。

入道「去《い》ぬる朔日《つひたちのひ》の夢に、さまことなる物の告げ知らすることはべりしかば、信じがたきことと思うたまへしかど、『十三日にあらたなるしるし見せむ。舟をよそひ設《まう》けて、かならず雨風止《や》まばこの浦に寄せよ』とかねて示すことのはべりしかば、こころみに舟のよそひ設けて待ちはべりしに、いかめしき雨風、雷《いかづち》のおどろかしはべりつれば、〈他《ひと》の朝廷《みかど》にも、夢を信じて国を助くるたぐひ多うはべりけるを、用《もち》ゐさせたまはぬまでも、このいましめの日を過ぐさず、このよしを告げ申しはべらん〉とて、舟出《い》だしはべりつるに、あやしき風細う吹きて、この浦に着きはべりつること、まことに神のしるべ違はずなん。ここにも、もし知ろしめすことやはべりつらん」とてなむ。いと憚り多くはべれど、このよし申したまへ」と言ふ。（「明石」231〜232頁）

〈去る一日の夢に、異形《いぎよう》の者が告げ知らせることがございましたので、信じがたいことと存じましたが、『十三日にあらたかなる霊験を見せよう。舟を仕立てて、必ずこの雨風が止んだら、この浦に漕ぎ寄せよ』と前もって啓示することがございましたので、試しに舟を仕立てて待っておりましたところ、ひどい雨風、雷がはっと気づかせてくれたので、〈他国の朝廷でも、夢の告げを信じ自国を救うという例が多くございましたから、たとえ不用でお取り上げなさらないとしても、このお告げの日を逃さずに、この趣旨をお知らせ申し上げよう〉ということで、舟を出しましたところ、不思議な風がそよそよ細く吹いて、この浦に着きましたのは、真実、神のお導きに違うことなく。ここにも、もしお心あたりのことはございましょうか」、という次第で参りました。たいそう恐れ多くございますが、この由を申し上げてくださいませ」と言う。〕

明石の入道の証言する「**去《い》ぬる朔日《つひたちのひ》の夢に、さまことなる物の告げ知らすること**」と、「須磨」巻末の光源氏の夢に顕れた「**そのさまとも見えぬ人**」（「明石」219頁）、「**ただ同じさまなるもの**」（「明石」223頁）と、記述が符合します。

ここで明石の入道が「**まことに神のしるべ違はずなん**」という神は、住吉の神にほかなりません。「**年《とし》に二《ふた》たび住吉《すみよし》に詣《まう》でさせけり。神の御しるしをぞ、人知れず頼み思ひける**」（「須磨」212頁）とありましたから、入道は住吉の神を信仰しており、光源氏の立てた「大願」と明石の入道の多年の「信仰」とが、この時点で同調《シンクロ》したのです。

例の風出来て来て、飛ぶやうに明石《あかし》に着きたまひぬ。ただ這《は》ひ渡るほどは片時の間《ま》といへど、なほあやしきまで見ゆる風の心なり。（同　233頁）

　Q８　光源氏が行った「須磨」・「明石」とは、どんな場所だったのでしょうか？

〔例の不思議な風が吹いて来て、飛ぶように明石の浦に着きなさった。ただ這っても渡るくらいの距離なので、やはり不思議と思われる風の心である。〕

なお、「須磨」から「明石」への問題は、光源氏が境界線を越えたこと、越境の問題にだけ目を奪われがちです。しかし、境界は「線」としてだけ機能しているだけではないということを指摘しておきたいと思います。一定の幅を持った場所《トポス》としてです。

政治的に無罪を訴えていた光源氏の「**八百よろづ神もあはれと思ふらむ……**」の言挙げが、都（中心）においてではなく、須磨（周縁）でなされていたという事実は重要です。だから、ここで強調しておきたいのは「須磨」という地域の持つ特性としての、境界性なのです。「須磨」は畿内の周縁・辺境（王権の〈内部〉）という属性があると同時に、八百万の神々たちの坐す「冥界」、「住吉の神」と相互に交信が可能な「境界」という属性を併せ持っており、畿内の周縁（王権の〈内部〉）と「冥界」（人間世界の〈外部〉）との「境界」という二つの属性・二重の意味を併せ担う場所《トポス》なのでありました。

同様なことは「明石」にも言えることです。都の王権の及ばない畿外（王権の〈外部〉）という属性と共に、明石の入道も住吉の神を信仰していたように、同時に神々の世界との交信が可能な「冥界」〈人間世界の〈外部〉〉との「境界」という属性を有していた地域なのです。

「須磨」と「明石」との間には都の王権を、畿内と畿外とに仕切る境界「線」があったのですが、同時に「須磨」自体、そして「明石」自体が、「冥界」という神霊の世界〈人間世界の〈外部〉〉との相互交信が可能な境界性を併せ持つ場所《トポス》でもありました。この点を、強調しておきたいと思います。

（東原）

Q9 四季の町で構成されている六条院の女主人たちの序列はどうなっていますか？

A 六条院はたしかに「春」「夏」「秋」「冬」と言った季節の町、四季の町から構成されています（野村精一「六条院の四季の町」秋山虔・木村正中・清水好子編『講座 源氏物語の世界』第五集・有斐閣、一九八一年）。

六条院の季節は、規範となる『古今和歌集』の四季の部立、その構成と和歌の分量とにおいて、一応序列を考えてみなければなりません。その点を重視した評価から考えれば、「春」の町と「秋」の町は、「春秋」という熟語があるように、格段に上位でしょう。

「薄雲」巻における「春秋の定め」、「少女」巻の「春秋論」、「胡蝶」巻の「春秋争い」と、都合三度に渉って紫の上と秋好中宮（梅壺の女御）によって繰り広げられた、「春秋争い」、それを想起すれば、光源氏の第一夫人である紫の上が一番なのか、それとも今上《きんじょう》の天皇である冷泉《れいぜい》天皇のお妃を第一と考えるべきかは、なかなか難問です（針本正行「春秋争い」前掲『講座 源氏物語の世界』第五集所収）。

六条院は季節の「四季」という要素だけではなくて、そこに方位の信仰が複合しているので、単純ではありません。

たとえば「冬の町」の明石の君について、考えてみると「冬」は季節的に「春秋」の敵ではありません。四季の美観から言ったら、お話にならないからです。

しかし、明石の君の「冬の町」であるほかに、「戌亥《いぬい》の町」と呼ばれています。「戌亥」という方位は、祖霊が去来し、また祖霊によって祝福がなされる方向でもあります（三谷榮一「源氏物語とその基盤」『物語史の研究』有精堂出版、一九六六年）。

六条院落成の記事を見ると、次のようになっています。

八月にぞ、六条院造り果ててわたりたまふ。未申《ひつじさる》の町は、中宮の御旧宮《ふるみや》なれば、やがておはしますべし。辰巳《たつみ》は、殿のおはすべき町なり。丑寅《うしとら》は、東《ひむがし》の院に住みたまふ対の御方、戌亥《いぬい》の町は、明石の御方〉とおぼしおきてさせたまへり。

（「少女」③78頁）

〔八月には、六条院が落成して光源氏の殿は、お移りになられる。西南の町は、もともと秋好中宮が伝領された古宮のお邸なので、彼女はそのままお住まいになられるであろう。東南は、光源氏の殿がいらっしゃるべき町である。東北は、二条の東の院の対の御方（花散里）、西北は、明石の御方〉とお定めおきになられた。〕

明石の君の町は、他の三町と異なり、ふつうの寝殿造だけではありません。

西の町は、北面《きたおもて》築《つ》き分けて、御倉町《みくらまち》なり。（同79頁）

〔西北の町は、北正面の敷地を築地《ついじ》で分けて、御倉《みくら》を建て並べた町としてある。〕

「御倉町」とは、倉庫のことです。父親である明石の入道が、貴族を辞めて受領層にまで成り下がり蓄財した、明石一族の財産が蓄えられているのではないでしょうか。それは六条院の経営に用いられるとともに、後に今上《きんじょう》天皇のお后として出仕し、明石の中宮となられる姫君のために使われることを予定されているのでしょう。光源氏は明石の血筋を持って、母系の、按察使の大納言の悲願としてあった皇統に返り咲く夢を実現させているのです（東原伸明「明石一族と六条院世界とのかかわり―源氏物語の読み方―」『源氏物語の語り・言説・テクスト』おうふう、二〇〇四年）。

このように見てくると、単純に四季の優劣だけで、女君たちの序列を決めることはできない、ということであって、意味が無いことに気づくでしょう。

（東原）

Q10 「野分」巻において、夕霧の視点から物語が叙述されるのはなぜでしょうか？

A 「野分《のわき》」巻は、「玉鬘十帖《たまかずらじゅうじょう》」（「玉鬘」を女性主人公とした、「玉鬘」巻から「真木柱《まきばしら》」巻までの10巻に渉る物語。）のうちの一巻《ひとまき》です。

「玉鬘十帖」はまた、光源氏の邸宅六条院を主要な舞台とした物語です。

「初音」巻と「胡蝶」巻の春、「螢」巻と「常夏《とこなつ》」巻の夏、そして「篝火《かがりび》」巻と「野分」巻の秋と、つまり春・夏・秋・冬四季の季節の絵巻物を繰り広げるように二巻ずつ巡行していた季節的な秩序が、「野分」巻の秋を最後に、冬は「行幸《みゆき》」巻の一巻のみですから、首尾一貫した「円環的な時間」を形成できていません。

「円環的な時間」というのは、「永遠回帰」的な時間、時間の経過の無い神話的な時間のことでもあり（浦島太郎の竜宮城に流れているような時間感覚）、光源氏の絶対的な権力の及ぶ彼の王国「六条院の世界」が、あたかも未来永劫《えいごう》続くかのような錯覚を読み手に与えるはずでしたが、「野分」巻を境にしてそれが続かないことを象徴的に示しているように理解できます。

だから、「野分」巻は重要な巻なのです。光源氏という絶対的な権力者、潜在的な王者

（彼は第一巻の「桐壺」巻において「高麗《こま》の相人《そうにん》（＝渤海国《ぼっかいこく》の人相見《にんそうみ》）」から「帝王相《ていおうそう》（＝国王となる人物の人相）」であることを指摘されている）の秘密を暴露し、その絶対性を相対化してみせる、巻だからです。

俗に、「目力《めぢから》」ということばがあります。繁華街などでヤクザものと視線を合わせてしまったとき、相手が激怒し「お前俺様に、眼《ガン》をつけやがったな」と言って難癖をつけて来ることがあります。これこそ「目力」のことであり、視線の及ぼす威力と呪力をよく示しています。「眼《ガン》」をつけるとは、つまりその威力のある視線によって〈「俺様」を脅《おびや》かしたな〉と、弱い犬が「きゃん、きゃん」と吠えるように、実は相手の方が怯《おび》えて、それ以上視線による攻撃がなされるのを避け、防御している（つもり）なのです。

だから、「見ること」は権力なのであり、古代的な論理においては、その者（物）を支配してしまう呪力でもあるのです。古代の大王（皇室の先祖）たちが初春に、小高い丘に登ってする「国見《くにみ》」は、自己の支配する領地・領土を確認する行為です。「見ること」の呪力により、自己の支配の範囲を「知《し》ること」ができ、それはまた「領《し》ること」なのです。「見ること」により、自己所有のものとしてその領野《テリトリー》を「占《し》め」る（独占する）のであり、この「シメ」がなまると「シマ」ということばになります。「島《しま》」と漢字表記してしまうと、水の上に浮かぶ土地しかイメージできませんが、これもヤクザものが「ここいら一体は、俺様たちの「シマ」だぞ」などというのは、この「占《し》め」のことであり、自分たちが独占している領野《テリトリー》を示していることばなのです。

「深窓《しんそう》の麗人《れいじん》」ということばがあります。また俗に、「箱入り娘」ということばもあります。近・現代のように女性のための教育機関（女学校）の存在しない、平安時代の高貴な子女たちは、相手とする男性の「家」と姻戚関係を結ぶまでは、異性の目に触れないように（＝悪い虫が付かないように）、大切に家屋の奥深く「秘匿《ひとく》」され、「清少納言」や「紫式部」のような「受領階層」の娘たちを専属の家庭教師として付けられ、個別に教育を受けることで育ちます。

だから、歴史社会に現実に生きた貴族の子女たちが、『源氏物語』の、「野分」巻の女性たちのように、夕霧のような男どもに「覗き見」されるなどということは、実は考えにくいことです。したがって「垣間見」は、習俗などではなくて、あくまでも物語の技法、手法なのです。ところで女性は、貴賤にかかわらず、その「本名」は明かされなかったようです。なぜならば、「名」は本体のエッセンスが込められているものですから、「名」を知ることは、呪術的には相手を支配することにほかならないからです。『万葉集』に出て来る、「呼ばひ（求婚）」（「呼ぶ」の再活用の語。呼ぶのは相手の女性の名前です。女が本当の自分の「名前」を求婚者の男に教えれば、相手の支配の容認ですから、「求婚」に対する「許諾」となります）は、まず相手の女性の本名が解らなければ成立しません。

この信仰的な感覚は時代が下って、例えば鎌倉時代になっても、変わらなかったようです。源頼朝の奥さんは、俗に尼将軍などと呼ばれ、なんだ「北条政子」か、判っているじゃないかと、早合点しないでください。「北条政子」の名は、本名ではありません。「政子」の名は親から付けてもらった名前ではなくて、朝廷から従三位に叙せられた時、自ら付けたものでそれは、「北条時政」の「子」の意であり、だから「政子」としたといいます。ほんとうの名前は、未だに解明されていないのです。

さて、以上を踏まえ、光源氏という絶対的な権力者、潜在的な王者の秘密を暴露し、その絶対性を相対化してみせる役をするのが、なぜ夕霧なのかということを考えてみます。

まず夕霧は当該巻において十五歳、「少女《おとめ》」巻の十二歳で元服してから三年。この青年が、三十五歳の父親光源氏に挑んでみて、果たして男として、少しでも勝ち目があるでしょうか? またいくら昔の十五歳であっても、十五歳は十五歳だから人としての人生経験があまりに足りないでしょう。物語おいて、常日頃夕霧が「まめ人」と呼ばれるのは、確かに第二部の世界になってのことです。それは夕霧二十九歳、光源氏が五十歳の時ですが、「実直」な性格は生来のものなのでしょう。

それほどに未熟な彼の目を通して、「野分」巻の物語の情報を、読者に伝えることを、『源氏物語』は選択したのです。

これは、夏目漱石の「坊つちやん」や「三四郎」の方法と、同じなのではないでしょうか。恋愛に初心《うぶ》な人物、青年の「心」というフィルターを通すことで、登場人物の「坊つちやん」や「三四郎」の理解の「程度」に付き合わされ、読者もそのレヴェルの「認知・認識」に格下げされてしまっているのだと思われます。一人称の叙述に密着し同化（同一化）するいることで、「坊つちやん」の気持に共感し、「三四郎」の思考に賛同してしまうことになるのです。読者自身も自己の理解が主人公のように曖昧化されてしまっていることに、俄《にわか》かには気づかないのでしょう。

推理小説の語り手が名探偵のシャーロック・ホームズではありえず、普通の感覚かあるいは、それよりも劣る人物を語り手として設定することによって、初めて「謎」が「謎」として成立し、それを名探偵が鮮やかに解き明かすというのに、よく似ていますね。

他にも夕霧が視点人物として、積極的にこの巻の物語叙述を紡《つむ》ぐのに都合がよい理由は、極めて「霊《スピリチュアル》」的な理由が考えられます。
「野分」巻の冒頭に描かれている六条院の秋の町は、「故前坊（＝亡き皇太子）」の故地であり、しかも八月《はづき》はその「忌月《きづき》」です。例年よりも「おどろおどろしく」吹く「野分」、台風の大風は、その霊的なものの威力によって吹かされているというふうに、解釈できるでしょう。心も「吾処離る《あくがる》（憧る）」という、魂《たましい》が身体からふわふわと離れる、離魂《りこん》の状況を現すことば《キーワード》が繰り返し用いられています。

中宮の御前《まへ》に、秋の花を植ゑさせたまへること、常の年よりも見どころ多く、色種《いろくさ》を尽くして、よしある黒木《くろぎ》、赤木《あかぎ》の籬《ませ》を結《ゆ》ひまぜつつ、同じき花の枝ざし、姿、朝夕露の光も常ならず、〈玉か〉とかかやきて、造りわたせる野辺の色を見るに、はた春の山も忘られて、涼しうおもしろく、心もあくがるるやうなり。（「野分」巻頭③263頁）

〈秋好中宮の御庭に秋の花を植えさせなさることは、例年よりも見どころが多く、あらゆる種類の草花を集め尽くし、風情に富んだ黒木赤木の籬垣《ませがき》を所々に結《ゆ》い渡しており、同じ花といってもその枝ざし、姿は、朝露夕露の光までも格別に、〈玉ではなかろうか〉と輝いて、この造り成された野原の景色を見ると、一方ではあの春の山のす

ばらしさも忘れてしまって、涼しく心地よく、心から魂も抜け出てゆくような気持である。〕

道すがらいりもみする風なれど、うるはしくものしたまふ君にて、三条宮と六条院とに参りて、御覧ぜられたまはぬ日なし。内裏《うち》の御物忌《おほむものいみ》などにえ避らず籠りたまふべき日よりほかは、いそがしき公事《おほやけごと》、節会《せちゑ》などの暇《いとま》いるべく事繁《しげ》きにあはせても、まづこの院に参り、宮よりぞ出《い》でたまひければ、まして今日《けふ》、かかる空のけしきにより、風のさきにあくがれ歩《あり》きたまふもあはれに見ゆ。（268頁）

〔道中、激しく吹き荒れる風ではあるが、四角四面に几帳面な若君であるので、祖母の居る三条宮と父親の居る六条院とに毎日参上して、お目通りなさらない日は無い。宮中の御物忌などでどうしても宿直《とのい》をなさらねばならぬ日を除き、忙しい政務、節会などで時間がかかり、用事の多い折に重なっても、第一にこの六条院に参上し、そこから三条の宮に参り、そこから宮中にお出なされるというふうで、まして今日のような空模様なので、風に先回りして、ふわふわと魂が抜け出し何か突き動かされるように歩き廻る様子にも心動かされる。〕

Q10 「野分」巻において、夕霧の視点から物語が叙述されるのはなぜでしょうか？

異界・異郷から吹き来る風に操《あやつ》られるように、昨日夕霧が見た先には彼の十五年の人生では見たこともないような美しい人が微笑《ほほえ》んでいました。いつもは厳重に閉じられているはずの褄戸が今日に限って開いており、風の紛れに思いがけず「垣間見」てしまった麗人の面影に眠れず胸がときめく、と同時に自分を育ててくれた養母花散里の醜貌《しゅうぼう》を思い遣り、

〈…かかる御仲らひに、いかで東《ひむがし》の御方、さるものの数にて立ち並びたまへらむ、としへなかりけりや、あないとほし〉とおぼゆ。（269頁）

［〈…このような理想的なお二人の仲に、どうして東のお方（＝花散里）が、伍しておられるのだろう、あぁお気の毒に〉とお思いになる。］

と同情する有様で、花散里のような醜い人でも妻妾の一人として見捨てず大切に扱っている光源氏を、尊敬する一方、呆れたことに自分も、紫の上のような女性を配偶者にして一緒に暮らしたら、寿命が延びるのではないかなどと思うのです。

大臣《おとど》の御心ばへを、〈ありがたし〉と思ひ知りたまふ。人柄《ひとがら》のいとまめやかなれば、似げなさを思ひよらねど、〈さやうならむ人をこそ、同じくは見て明かし暮らさめ、限りあらむ命のほども、いますこしはかならず延びなむかし〉と思ひつづけらる。（同頁）

〈父大臣のご気性をを、〈めったに無いこと〉とご納得になる。人柄がたいそう生真面目なので、似合わない不穏なことを思いもしないが、〈あのような理想的な人を、妻にして夜を明かし日を暮らしてみたいものだ、限りある寿命も、今少し延びもしょう〉と思い続けずにはおれない。〉

親孝行な人間的には好人物なのですが、光源氏のような冷徹さが無い甘い人物だけに、『源氏物語』じたいは彼に、「見ること」の役割を当て嵌めました。非情に徹しきれず、「見て」も次の行動、例えばその女を犯し、無理やり自分のものにしてしまうような行動には出られない人物、だからこそ、夕霧は、その役割を宛てられたのだと言えます。（東原）

Q 10　「野分」巻において、夕霧の視点から物語が叙述されるのはなぜでしょうか？

Q11 三瀬川《みつせがわ》の「俗信《ぞくしん》」と「極楽往生」とは、どう関わるのでしょうか?

A 三瀬川とは、三途の川《さんずのかわ》のことです。女性は最初に契《ちぎ》りを交《か》わした男性に背負われて、「この世」から「あの世」へ、つまり「此岸」から「彼岸」へ渡るとするのが、三瀬川の俗信(俗信仰)の骨子です(塚原明弘「三瀬川を渡る時」『源氏物語とことばの連環』おうふう、二〇〇四年)。

俗信というのは、正当な教理がある宗教の信仰的なドグマdogmaとは異なり、たとえば、「くしゃみ」をした時、「それは誰かが自分のことを噂しているからだ」とか、「夜爪を切ると、親の死に目に会えない」、「茶柱が立つのは縁起が良い」、「四葉のクローバーを見つけると幸せになれる」とかetc…。まさかそんなことあるわけないと思いながらも意識の下で、なんとなく信じているような事柄です。

さて仏教に「四十九日《しじゅうくにち》の法要」というものがあります。人が亡くなってから七日ごとに法要をしますが、これは故人の極楽への往生《おうじょう》を願ってのことですね。七日×七日=四十九日めに、最終的な審判が下され、その人の行き先が決まります。「極楽」に往生するか、それとも「地獄」に堕ちるか、あるいは輪廻転生《りんねてんしょう》する六道《ろくどう》の別なところ、「地獄」以外の

「餓鬼《がき》」・「畜生《ちくしょう》」・「阿修羅《あしゅら》」・「人間」・「天上（天国）」のうちの、どこかにでしょう。

ところが、藤壺の宮は死後八か月を経て、なお光源氏の「夢」に顕《あらわ》れて来ているのです。

入りたまひても、宮の御事を思ひつつ大殿籠《おおとのごも》れるに、夢ともなくほのかに見たてまつるを、いみじく恨みたまへる御気色《けしき》にて、藤壺「「漏らさじ」とのたまひしかど、うき名の隠れなかりければ、恥づかしう。苦るしき目を見るにつけても、つらくなむ」とのたまふ。御答《いら》へ聞こゆ〉と思すに、おそはるる心地して、女君の「こは。などかくは」とのたまふにおどろきて、いみじく口惜《くちを》しく、胸のおきどころなく騒げば、おさへて、涙も流れ出でにけり。今もいみじく濡《ぬ》らし添へたまふ。（「朝顔」②494〜495頁）

〈光源氏の君は御寝所にお入りになっても、亡き藤壺の宮の御事を思いながらお寝《やす》みになると、夢ともなく薄ぼんやりと見申し上げるところでは、宮はひどくお恨みなさっていらっしゃる御様子で、「あなたは「漏らすまい」とおっしゃいましたのに、二人の噂が隠れようもなくなってしまったので、恥ずかしくって…。往生もできずに中有《ちゅうう》で苦しい思いをしているにつけても、あなたのことが、うらめしくってねぇ」とおっしゃる。お返事申し上げよう〉とお思いになるが、物《もの》にでも襲《おそ》われるような心地がして、女君（＝紫の上）の「これはまた。どうして、このように…」とおっしゃる声に、君ははっと目が覚めて、ひどく残念な感じで、どきどきと胸が落ち着きなく騒ぐので、手を充て抑えていると、涙も流れ出しているのに気づいたことであった。目が覚めた今も袖を濡らしていらっしゃる」

しかし、藤壺の宮の四十九日の法要は「御わざなども過ぎて、…」（「薄雲」②449頁）と明記されていたように、確かに行われていました。供養は済んでいます。だから、彼女は極楽に往生していなければなりません。

ところが、そうではない。清水好子も、「罪障に苦しみ、中有にさまよいつつ、怨霊になってあらわれる藤壺の姿は生前の面影をくつがえす」と述べています。また、「三月《やよい》に死に、十二月《しわす》の雪の夜まで、半年以上もたつのに藤壺はまだ中有《ちゅうう》に迷っている。三途《さんず》の川ははじめて契った男に手をひかれて渡るというが、藤壺は桐壺院に導かれるのを肯じないのか」とも。（「藤壺宮」『源氏の女君　増補版』はなわ新書、一九六七年）。いまだ「あの世」と「この世」との中間地帯の、まさに「中有」という境界の時空に苦しい思いを抱いたまま、藤壺の宮は宙づりにされているわけです。

高橋亨は、「桐壺帝・六条御息所・藤壺・宇治八宮など、いずれも最高の身分の、それゆえ王権にかかわった人々が、夢に現れたりして〈中有〉に惑う存在となったことを示しているところに、源氏物語の主題的時空の始原があると見るべきであろう」。あるいはまた、「物の怪や夢に出現する男や女たちは、つまるところ〈中有〉をさすらう存在だというのが、源氏物語の世界観の根源にあったと思われる」として、高橋は、「中有の思想」なるものを唱えています（「物語想像力の根源—夢・もののけ・中有」『源氏物語の対位法』東京大学出版会、一九八二年）。

『源氏物語』の思想は、いろいろな考え方が複雑に混ざり合って生成しているところに特徴があるようなので、既存の仏教思想からだけでは説明がつきません。仏教の思想では「四十九日」の間が「中有」の期間であるのに対して、前掲高橋亨論文の指摘にもあったように、「王権にかかわった人々」は、「四十九日」を越えてなお、「〈中有〉に惑う存在」となっているのです。これこそ、『源氏物語』独自の思想だといえましょう。

なかなか〈飽かず悲し〉と思すにとく起きたまひて、さとはなくて所どころに御誦経《ずきやう》などせさにたまふ。〈苦しき目見せたまふ〉と恨みたまへるも、〈さぞ思さるら

んかし、行ひをしたまひ、よろづに罪軽《かる》げなりし御ありさまながら、この一つ事にてぞこの世の濁《にご》りをすすいたまはざらむ〉と、ものの心を深く思したどるに、いみじく悲しければ、〈何わざをして、知る人なき世界におはすらむを、とぶらひきこえに参《まう》でて、罪にもかはりきこえばや〉などつくづくと思す。〈かの御ためにとりたてて何わざをもしたまはむは、人咎《とが》めきこえつべし、内裏《うち》にも御心の鬼に思すところやあらむ〉と、思しつつむほどに、阿弥陀仏《あみだほとけ》を心にかけて念じたてまつりたまふ。〈おなじ蓮《はちす》に〉とこそは、

源氏　なき人をしたふ心にまかせてもかげ見ぬみつの瀬にやまどはむ

と思すぞうかりけるとや。（「朝顔」②495～496頁）

〈夢での逢瀬《おうせ》に、かえって満たされない気持で〈悲しい〉とお思いなので、早く起床されなさって、どなたのためとも明らかにされなくて、所々の寺で御誦経《みずきやう》などをおさせになる。夢の中では、「苦しい思いをされている」とお恨みになられたが、藤壺の宮はさぞかし自分の事をお恨みであろう。生前勤行《ごんぎよう》にいそしまれ、いろんな罪障を軽くなされたご様子でありながら、この一つの事のために現世の濁りを清めすすぐことがおできにならなかったのだろう」と、事の道理を思い辿《たど》るにつけても、ひどく悲し

いので〈なんとしてでも、知る人のいない他界にいらっしゃる宮に、自分が身代わりになり罪もお引き受けしたいものだ〉などとしみじみとお思いになる。あのお方の御ためにとりたてて、供養をしなさるのは、世人の不審に思うところがあるだろう、〈冷泉の帝も御疑念を抱かれることがあろうか〉、と御用心なさり、阿弥陀仏《あみだほとけ》を心思い描いて念じて申し上げなさる。〈来世は同じ蓮《はちす》の上にこそは〉と念じて、

源氏　亡き人を慕う気持のままにお訪ねしても、そのお姿の見えない三途の川の瀬で途方にくれることだろうか。

とお思いになるのも、気の晴れないことだとか〉

光源氏の〈来世は同じ蓮《はちす》の上にこそは〉という願いは、何を意味しているのでしょうか。新編日本古典文学全集の頭注七は、

極楽浄土では、夫婦は後から来る伴侶のための蓮花の座の半分をあけて待つ。次の和歌の上三句に続く。下二句で、源氏と藤壺は夫婦ではないから、一蓮托生の願いは無理であるとする。

と解説しています。関連して頭注の九も「みつの瀬」を、

「水の瀬」と「三つの瀬」をかける。「三つの瀬」は三途の川。→葵三九ページ注二四、付録五〇九・五三二ページ。

としています。

そこでまず、「葵」巻の頭注二四を見ると、

「瀬」は「所」「時」の意で、三つの瀬川（三途の川）の意をこめる。死後、三途の川で、女は初めて逢った男に背負われて渡るという。夫婦の縁は二世にわたるともいわれ、死別しても逢える。『地蔵菩薩発心因縁十王経』による。→五〇九ページ。

とするので、509頁の付録「漢籍・史書・仏典引用一覧」（今井源衛）を見ると、次のように記されています。

●39・12《いかなりともかならず逢《あ》ふ瀬《せ》あなれば、対面《たいめん》はありなむ》

日本人によつて作られた経典である『地蔵菩薩発心因縁十王経』を出典とする。元来漢訳の『正法念経』によりつつも、日本の民間伝承に由来するところが多いという。葬頭《そうづ》河ノ曲レル初メノ江ノ辺ニ於イテ、官庁相連ル所ヲ渡ル。前ノ大河ハ即《すなは》チ是レ葬頭ニシテ、亡人ヲ渡スヲ見ル。奈河津《なかつ》ト名ヅク。渡ル所三ツ有リ。一ニ山水ノ瀬、二ニ　江深ノ淵、三ニ

光源氏と藤壺の宮場合、注の説くとおりまさに「源氏と藤壺は夫婦ではないから、一蓮托生の願いは無理である」し、三瀬川《みつせがわ》の「俗信《ぞくしん》」の方も、彼女と最初に逢った男は桐壺の帝であろうから、彼女を背負って渡すのは、残念ながら光源氏ではないということになります。

藤井貞和は次のように言っています、「その俗説は女性の複数男性関係を前提とすることになろう。／三瀬川を渡るだけなら、女三宮も、明石の君も、朧月夜も、末摘花も源氏が引き受けて渡らせることに不都合はそんなになかろう」と（「正妻候補者たち」『源氏物語論』岩波書店、二〇〇〇年）。

（東原）

Q12 「幻」巻で、光源氏は亡き紫の上に向け独詠します。彼女の魂はどこにあるのでしょうか?

A　彼岸の墓参を取り上げたニュース番組を見ていたところ、女学生がインタビューを受けている場面が目に飛び込んできました。「この春亡くなったおばあちゃんが、天国でわたしのことを見守っていてくれているような気がして、お参りにきました」。思わず私は、「何たる無知」とつぶやいてしまいました。「彼岸」は、仏教の思想・他界観であって、対する「天国」は、キリスト教の他界観で、仏教においての「天上《てんじょう》」は、浄土ではないのです。遺憾ながら「天国」は、仏教の説く「極楽」とイコールではない（東原伸明「浄土」秋山虔編『別冊國文學 源氏物語事典』学燈社、一九八九年、五月）。この当たり前のことに、大半の日本人は気づいていないようです。仏教の「天上」は、菩薩の修行の場なのです。だから、「天人」であっても「五衰《ごすい》」の時が来れば肉体も腐敗し滅んでしまう。そこは「穢土《えど》」であって、「欣求浄土《ごんぐじょうど》」＝「欣《よろこ》び求める浄土」ではないからです。「輪廻《りんね》」する「六道《ろくどう》」（「地獄」・「餓鬼《がき》」・「畜生《ちくしょう》」・「阿修羅《あしゅら》」・「人間」・「天上」）の、ひとつの世界にほかならないのです。

だから、寺の墓地に葬られている彼女のおばあちゃんは、すくなくとも「天国」になどいるはずもない。もっともクリスチャンならば話は別ですが…。現在の日本人の、まったくでたらめな「他界観」に、妙に感心させられる出来事でした。

たぶん多くの日本人は、そんなふうなのでしょう。葬祭を仏式にしても、普段の自分の家の宗教が仏教だとはほとんど自覚してはいない。これは、現在この文章を綴っている私自身にも当てはまることで、何もひと様を声高に罵倒できるような立場の私でもないのですが……。

大半の日本人は、元日に神社へ初詣に出掛け、節分に豆を蒔き、普通に春秋の彼岸の墓参とお盆の行事を行い、大きなカボチャの傍らで、「ハッピィ・ハロウィン」などと叫び、引き続き「メリークリスマス」とはしゃいでお酒に酔い、また正月に神社へ……。一年を単位としなくても、一日の事として、朝、神棚の水を換えて柏手を打ち、取って返して仏壇の線香に火を点し鉦を鳴らすという毎日に、何の違和感も覚えず、子供たちは友達に誘われて教会の日曜学校に行き、「天にまします我らの父よ」と唱え、讃美歌を歌って帰ってきます。しかし、必ずしもクリスチャンではないでしょう。洗礼も受けず、一神教の「God」を神とは考えない大半の日本人は、多神教なのか、それとも無神教なのか（笑）。

少なくとも祖先の霊が墓地に鎮まっていると、意識の下で感じているとすれば、「泉下」

とすべきでしょうか、果たして前掲彼女の「おばあちゃん」の居場所は。仏教の思想に忠実に考えを突き詰めると、こうなります。ほんとうに「極楽」に「往生」しているのならば、おばあちゃんの霊は往生したという事実により、輪廻する六道を脱していることになりますから、「無」に帰しているはずです。その存在じたいも消滅し、何も無いことになります。手を合わせ祈るべき対象の「霊」さえも存在しない状態に…。

こうした他界観を前提に、表題の質問に答えることにしましょう。当該の場面は、次のように叙述されています。

神無月《かむなづき》は、おほかたも時雨《しぐれ》がちなるころ、いとどながめたまひて、夕暮れの空のけしきにも、えも言はぬ心細さに、源氏「降りしかど」と独りごちおはす。雲居《くもゐ》をわたる雁《かり》の翼《つばさ》も、うらやましくまもられたまふ。

源氏**大空をかよふまぼろし夢にだに見えこぬ魂《たま》の行く方《ゆへ》たづねよ**

何ごとにつけても、紛れずのみ月日にそへて思さる。（「幻」④545頁）

（十月は、ただでさえも時雨が多い時期なので、院（光源氏）は、涙がちにひとしお、ぼーっと、眺めるともなく眺めなさって、夕暮れの空の様子につけても、いうにいえぬ心細さに、「降りしかど…」と独り言に口づさんでいらっしゃる。雲のある上空を渡っていく雁の翼も、常世に通う鳥なので、うらやましいものとして注視されなさる。

大空を…（大空を自在に行き交うという幻《まぼろし》（幻術士）よ、夢にでさえも現れない、せめてあの人の魂の行くへを尋ね探しておくれよ）」

光源氏の叶わぬ願いは、独詠歌として、受け取り手のいないモノローグの和歌として表出されています。夢にさえも現れないというのは、既に極楽に往生してしまっているからでしょう。

紫の上の「死顔」は夕霧の目をとおして、次のように叙述されていました。

灯《ひ》のいと明《あ》かきに、御色はいと白く光るやうにて、とかくうち紛らはすことありし現《うつつ》の御もてなしよりも、言ふかひなきさまに何心なくて臥《ふ》したまへる御ありさまの、「飽かぬところなし」と言はんもさらなりや。　（「御法」④509～510頁）

〔灯火がたいそう明るいので、お顔の色はとても白く光るように見えて、何かと取り繕っていらした生前のお姿よりも、嘆いてみても今はもう何の甲斐もない様子で無心に臥していらっしゃるご様子が、「非の打ち所がない」と言うのも今更だろうよ。」

紫の上はその登場の時点から「**鈍色《にびいろ》のこまやかなるがうち萎《な》えるたるども着て、何心なくうち笑《え》みなどしてゐたまへるがいとうつくしきに**」（「若紫」257〜258頁）〈鈍色の濃い喪服の糊気が落ちて萎えたものを着て、無心に笑ってすわっていらっしゃるのが、たいそう可愛らしいので〉と叙述されていました。「何心なし」は、紫の上のキーワードなのですが、臨終においても「何心な」ければ、この世への執《しゅう》は無いことになるので、彼女は「往生」したのでしょう。

神話の時代、神は異郷と自在に行き来しました。しかし、黄泉平坂《ヨモツヒラサカ》の坂本《サカモト》に巨岩を置き、イザナミがイザナギから「ことど」（夫婦絶縁の呪言）を渡され通行が遮断されて以来、人間は異郷と交通することができなくなってしまったのです。物語は、神話の後に成立した文学ジャンルなのですから。

（東原）

Q13 続篇の舞台「宇治」は、どのような場所として描かれているのでしょうか？

A　正篇の物語は、「都」を中心とした平安京の街の空間が描かれていました。しかし続篇は、「匂兵部卿」・「紅梅」・「竹河」という継ぎの三帖を置いて、「橋姫」巻からは新しく舞台を郊外へと移し、宇治に据え直されます。

「そのころ、世に数《かず》まへられたまはぬ古宮《ふるみや》おはしけり」（**小学館新編日本古典文学全集「橋姫」⑤117頁**）と、八の宮という人物も、その空間に合わせるかのように新たに登場します。その八の宮の一家が最初に住んでいた京の邸は火事で焼けてしまい、残念ながら彼には再建するだけの財力がありませんでした。そこで宇治に別荘があったことを想起し、移り住むことになります。

それでは、宇治はどのような場所なのでしょうか。『新編日本古典文学全集』⑤の頭注二九（126頁）は、「山紫水明の別荘地で、仏教的な聖地になりつつあった。また長谷寺参詣の経路でもあった。京都からは半日行程」とあります。小学館『日本国語大辞典』によれば「山紫水明」とは、「目に映じて、山は紫に、澄んだ水は清くはっきり見えること。山水の景色の清らかで美しいこと」と説明されています。私には、日が輝ききらきらとした風景がイメージされてきます。

かかるほどに、住みたまふ宮焼けにけり。いとどしき世に、あさましうあへなくて、移ろひ住みたまふべき所の、よろしきもなかりければ、「宇治」という所によしある山里持《も》たまへりけるに渡りたまふ。（同⑤125頁）

〔聖として生きる決意をした頃に、お住みになられていた邸は焼けてしまった。度重なる御不運な世に、呆れるほどに気落ちされて、都には移り住めるよい邸もお持ちでなかったので、「宇治」という地に風情ある山荘をお持ちになられていたので、そこに移りなさった。〕

現実の宇治の風景に対して、物語という虚構世界の中の「宇治」は、それとはまったく異なったものでした。八の宮が目にした宇治の住まいとその風景は、けっしてみやびな世界ではなかったのです。

三田村雅子はその宇治を、次のように説いています。

宇治物語の主旋律を奏でるのは、薫でも大君でも浮舟でもない宇治の川音であり、風の音である。宇治の地とは、物語の中で、何よりもまず川音のざわめきがしつこく耳ざわりに響く静かならざる地として設定される。山里らしい環境を構成するにしてはあまりに異様な、荒々しい音の侵入こそ、この物語を性格づけるものであると言えよう。

（「〈音《こえ》〉を聞く人々—宇治十帖の方法—」『源氏物語 感覚の論理』有精堂出版、一九九六年）

網代《あじろ》のけはひ近く、耳かしがましき川のわたりにて、静かなる思ひにかなはぬ方《かた》もあれど、いかがはせん。花紅葉《もみぢ》、水の流れにも、心をやるたよりに寄せて、いとどしくながめたまふより外《ほか》のことなし。（同⑤126頁）

〔網代が仕掛けられているあたりに近く、また水音が耳障りでうるさい川のほとりなので、心静かに仏道のつとめをする暮らしをしたいという願いは叶わない所ではあるけれども、いたしかたのないないことだ。春の花を、秋の紅葉を愛で、この水の流れに心を慰める頼りとしながら、いよいよ物思いにふけていらっしゃるより、ほかにすることもない。〕

だから薫が八の宮を訪問した際描出されていた風景も、それら自然に薫たちの心が和むという方向では描かれてはいなかったのです。薫の眼を通して語られていた八の宮の住まいの様は、次のようなものでした。

〈**げに、聞きしよりもあはれに、住まひたまへるさまよりはじめて、いと仮《かり》なる草の庵《いほり》に、思ひなしことそぎたり。同じき山里といへど、さる方にて心とまりぬべくのどやかなるもあるを、いと荒《あら》ましき水の音《おと》、波の響きに、もの忘れうちし、夜《よる》など心とけて夢をだに見るべきほどもなげに、すごく吹きはらひたり。**〉(同⑤132頁)

〔なるほど、阿闍梨から聞いて思っていたよりも世を捨てたように寂しく見えるお住まいなさっているご様子からして、山荘もほんの仮に建てた草庵のようで、世を捨てた住まいと心得ている以上に質素なものである。同じ山里といっても、仏道修行の場としてそれなりに心のひきつけられるような静穏な所もあるものだが、ここは、じつに荒々しい水の音、波の響きがすごく、悩み事を忘れる折もなく、夜には気持ちも緩み、夢を見るような時さえもないくらいに、すさまじい風が吹き荒れている。〕

この虚構の風景描写は前述の三田村論文も説くように、技法として、それを利用し八の宮の不安な心情を増幅させるための演出であり、ことさらの騒音であって、またそれは、彼の心を象る風景なのでした。

初めて宇治を訪れた時に薫が見た風景も道心を求める彼が、その穏やかな心から発したというわけではありませんでした。

〈聖《ひじり》だちたる御ためには、かかるしもこそ心とまらぬもよほしならめ、女君たち、何心地して過ぐしたまふらん、世の常の女《をむな》しくなよびたる方は遠くや〉、と推《お》しはからるる御ありさまなり。（⑤132～133頁）

〔〈聖のようなお方のためには、このようなところこそがこの世に執着もなくなるに相応しいところなのだろうが、姫君たちはどれほどのお気持ちでお過ごしになられていることだろう、世間一般の女性のようにしなやかな様子には程遠いのではないだろうか〉と推し量っておられるご様子である。〕

〈聖だちたるお方のためには〉と、心中で言いわけをしながらも反転して、すでに薫は女君達の動向に、関心が向かってしまっているのです。薫の煩悩です。

このように八の宮が移り住んだ物語の中の宇治という場所は、彼らの心を象徴し反映した虚構の、騒音の世界なのでした。そしてその騒音は、俗聖、八の宮の心の風景であると同時に、薫の煩悩の象徴としての雑音《ノイズ》なのかもしれません。

（髙橋）

Q14 宇治の「神話的な時空」と「反逆者八の宮」とは何でしょうか？

A　質問に答えるために、まず「宇治」という土地にまつわるイメージを説いている、次の説明をご覧ください。

『古事記』応神記や『日本書紀』仁徳即位前紀には、応神天皇崩御後、その子である菟道稚郎子《うじのわきいらつこ》と兄の大鷦鷯尊《おおさざぎのみこと》が皇位継承をめぐって譲り合った話を伝える。『古事記』では菟道稚郎子が早世し『日本書紀』では自殺するという違いはあるが、菟道稚郎子が皇位継承に予定されていたことや、皇位を狙い反乱を起こそうとした大山守皇子《おおやまもりのみこ》が兄弟の連携により討たれ川に落ちて絶命し、最後に兄の大鷦鷯尊が即位するという大枠は共通する。これらの神話から、宇治には皇位継承にまつわる政争のイメージが付与される。

植田恭代「宇治」（林田孝和／原岡文子他編『源氏物語事典』大和書房、二〇〇二年）

これによって「神話的な時空」というのが、『古事記』・『日本書紀』という、記紀の神話における、時間と空間のことを指しているのだと分かります。つまり、宇治という土地には、神話の時代の王権にまつわる政争のイメージがまとわりついているというわけです。また、宇治の神話的な時空に関しては、高橋亨が次に説くところを、基本的な認識として踏まえておくべきことと思われます。


古代日本の神話的想像力のなかで、神あるいは人の流離は水のイメージによって象徴されるのがふつうであり、流離また〈罪〉と意識の深層において響きあう。物語の世界がどうしてもある種の先祖がえりをしなければならなくなったとき、川の流れる神話的な地理が、始源の風景として視えてくるのはこのためであろう。しかも、「日本紀」を通過した神話意識にとっては、アマテラスとそれを祭る子孫の王権に敗北した神々、反逆者たちの位相においてであるほかはない。始源の〈罪〉は神に対する犯しであり、国家に対する反逆の行為であった。

宇治の八宮が新たに物語の世界に登場するとき、かれもまた落魄の反逆者なのである。

高橋亨「宇治物語時空論」(『源氏物語の対位法』東京大学出版会、一九八二年)

「反逆者八の宮」について、『源氏物語』続編の物語に沿って、八の宮に関して叙述されているところを、順次見ていくことにしましょう。続篇の物語とは、光源氏の亡くなってしまった後の、続きの物語世界の謂いです（**↓解説参照**）。

そのころ、世に数《かず》まへられたまはぬ古宮《ふるみや》おはしけり。母方《ははかた》などもやむごとなくものしたまひて、筋ことなるべきおぼえなどおはしけるを、時移りて、世の中にはしたなめられたまへる紛れに、なかなかいとなごりなく、御後見《うしろみ》などももの恨めしき心々にて、かたがたにつけて世を背き去りつつ、公私《おおやけわたくし》に拠《よ》りどころなくさし放たれたまへるやうなり。（**小学館新編日本古典文学全集「橋姫」⑤117頁**）

〔その頃、世間から忘れさられていらっしゃる古宮がいらっしゃった。母方の血筋も高貴でいらっしゃって、かつては格別な地位に就かれるに違いないとの噂もおありだったが、時勢が移って、世間から相手にされなくなるような経緯《いきさつ》があって、かつての羽振りの俤《おもかげ》も無く、ご後見をされていた方々もそれぞれ当てが外《はず》れたを恨む気持で、それぞれの思惑から第一線を退き、宮は公私共に頼る術《すべ》を無くし、世間からはすっかり見捨てられたようでいらっしゃる。〕

かつては期待されていたのに、「ある理由」から、今ではすっかり世の中から見捨てられてしまっている、そんな古宮がいたという内容です。その「ある理由」こそが、「反逆者八の宮」と、読者から呼ばれる所以《ゆえん》です。

源氏の大殿《おとど》の御弟《おとうと》、「八の宮」とぞ聞こえしを、冷泉院《れいぜいゐん》の春宮《とうぐう》におはしましし時、朱雀院《すざくゐん》の大后《おほきさき》の横さまに思しかまへて、この宮を世の中に立ち継ぎたまふべく、わが御時、もてかしづきたてまつりたまひける騒ぎに、あいなく、あなたざまの御仲らひにはさし放たれたまひにければ、いよいよかの御次々になりはてぬる世にて、えまじらひたまはず、また、この年ごろ、かかる聖《ひじり》になりはてて、〈今は限り…〉とよろづを思し棄てたり。（同125頁）

〔この古宮は、今は亡き光源氏の大殿の弟君で、「八の宮」と申し上げたが、冷泉院がまだ春宮でいらっしゃった時に、朱雀院の母君の大后（かつての弘徽殿の女御）が、奸計《かんけい》をめぐらせて、クーデタを起こし、この八の宮を世継ぎの君（次期春宮の候補）に担ぎ出し、彼女は、ご自分のご威勢の盛んな間に肩入れ申し上げた政争なので、事が潰れた折は、八の宮自身は、ご自分の意思での企てでもないにもかかわらず、相手の源氏方とのお付き合いからは遠ざけられてしまわれた。今は、いよいよそのご子孫の時代になってしまった世なので、世間一般の交際もできず、また、北の方を失って以来、この幾年も、このような在家の出家者（俗聖《ぞくひじり》）になりはてて、〈今はもうこれまで…〉と、一切の望みをお棄てになっている。」

本人の意思ではなかったとはいえ時の王権に対峙して敗れ去ってしまったわけですから、八の宮は王権への反逆者として前科者だった訳です。そして今は何の希望もなく、在家のまま出家をして俗聖になりはててしまったのです。

（髙橋）

Q15 続篇宇治十帖の自然描写と「感覚の論理」とは、どのようなものでしょうか？

A　三田村雅子は感覚の中でも視覚より劣る聴覚の表現について、「客体的に外化しうる視覚の世界と比較して、より主観的な不安定さを持つ聴覚や嗅覚などの劣位にあると言われる感覚が、その不安定さ故に、認識主体の両義的でしかもさまざまに揺れる思念そのものの動的な把握につながっていく構造をここに読みとっていくことは可能であろう」と述べており、宇治の「耳かしがましき」水の音を雑音と認識して、それを八の宮の執着を象徴するものととらえています（「〈音《こえ》〉を聞く人々—宇治十帖の方法—」『源氏物語　感覚の論理』有精堂出版、一九九六年。以下、三田村の意見はすべてこの論による）。

さらに水の音については正篇（「夕霧」巻）と続篇（「橋姫」巻）においてまったく異なるということを、次のように説いています。

夕霧巻の水の音と宇治の水の音がはっきりと違うのは、夕霧の巻の場合が、「いと涼しげにて」と言うように、一種の美的な鑑賞の態度でとりあげられ、他の音との交響的な和音として提示されるのに対して、宇治の水の音は荒々しい不快なざわめきとして侵入してくる音である点である。夕霧の巻では、登場人物をとりまく外側の景物として――たとえ登場人物の心情と呼応・共鳴するところがあるとしても――、距離をもって捉えられていたものが、宇治の世界ではもっと得体のしれぬものとして無遠慮に登場人物の耳に侵入し、こびりついてくる音であるように思われる。

視覚は目を閉じたり、背を向けたり、何かで覆えば拒否することが可能ですが、聴覚や嗅覚は覆っても覆いきれないことの方が多く、容赦なく身体に入り込んでくるものです。絶えることなく聞こえ続ける宇治川の川音からは、逃れることもできず追いつめられ、それをその音と気づかないくらいにまで聞き続ける者たちは呪縛を受け続けているようなものなのでしょう。

薫は「法の友」として八の宮に逢うために都から宇治に通いますが、三年ほどたった秋の末彼が訪れた時、八の宮は留守でした。激しい川音がうるさくて静かに勤行ができないからという理由から、阿闍梨の住む寺に出かけていたためでした。勤行の邪魔になるほどの川音が、邸に居る間は絶えず、八の宮の神経を犯していたのです。

秋の末つ方、四季《しき》にあてても したまふ御念仏を、この川面《かはづら》は網代《あじろ》の波もこのごろはいとど耳かしがましく「静かならぬを」とて、かの阿闍梨《あざり》の住む寺の堂に移ろひたまひて、七日のほど行ひたまふ。姫君たちは、いと心細くつれづれまさりてながめたまひけるころ、中将の君、〈久しく参らぬかな〉と思ひ出できこえたまひけるにままに（…）

（「橋姫」⑤135頁）

〔秋の終わりごろに、季節ごとに行う念仏会を、ここの邸は川の傍で網代の水音がとてもうるさく耳障りなので、「静かなところで行いたい」と、あの阿闍梨が住む寺の御堂にお移りになって、七日の念仏のお勤めを行いなさる。八の宮が寺にこもり不在で、姫たちはとても不安でだんだんと寂しさがつのって物思いにふけっておられる頃に、中将の君（薫）は〈しばらくの間、お尋ねできていなかったことよ〉と思い出しになられたままに…〕

日々絶え間なく聞く川の音は「耳かしがましく」と、八の宮にとって常にうるさく聞こえ、疎ましいものでしかなかったのです。三田村は「宇治の川波の騒がしさは八宮の煩悩の騒ぎそれ自体であったのだ」、そして「八宮の望む静けさが、外側の環境としての静けさでない以上、都離れた宇治にも、山上の霊地にも、彼の安住の地はなかった」（128頁）と説いており、宮自身は世を捨てたとしても、姫たちの行く末を案じる煩悩は捨てきれなかったというわけです。

八の宮が宇治の山荘に住まいを移し、共に都から移った大君と中の君の二人の姫君は、八の宮と同じように、荒々しい川音が続く場所を、生活の場として受け入れるしかなく、姫君にとっては視覚には入らなくても、川の音があることが日常のことであり、日々、常に音を聞いていた彼女たちには、川音はあって当然なもので、それが無いようなものとして過ごしているのでしょう。

しかし何も気にならなくなったとはいえ全く無ではなく、それは意識の奥底に響き続けているものです。ですからいつも見聞きしている風景でも、普段とは違った心境や全く異なったシチュエーションに置かれた時に、ふとそれらの存在を改めて気づき、心の奥底にあった感情が音や映像や空気感とともに溢れてくるのでしょう。

父であり、ただ一人の庇護者であった八の宮を亡くした後、悲嘆にくれて不安な日を送る姫たちは、いま自分たちが置かれたれ場所に気付き、おびえてしまいます。

来《き》し方《かた》を思ひつづくるも、何の頼もしげなる世にもあらざりけれど、ただいつとなくのどかにながめ過ぐし、もの恐ろしくつつましきこともなくて経つるものを、風の音も荒《あら》らかに、例《れい》見ぬ人影も、うち連れ、声《こわ》づくれば、まづ胸つぶれて、もの恐ろしくわびしうおぼゆることさへそひにたるが、いみじうたへがたきこと（…）雪、霰《あられ》降りしくころは、いづくもかくこそはある風の音《おと》なれど、今はじめて思ひ入りたらむ山住みの心地したまふ。

（「椎本」⑤203～204頁）

〔これまでの日々（八の宮が存命の時）を思いかえしてみても、十分に恵まれた暮らしではなかったけれども、不安に思い、怖気づくこともなく過ごしてこられたものを、今は、風の音も騒がしく聞こえ、知らない人が連れだって尋ねてこられるのは、なんとも驚き胸がどきどきして、その上恐ろしく心細さが重なることは、とても辛く堪えられない事…雪や霰が激しく降りしきる頃は、どこに吹く風もこのような激しい風の音なのでしょうが、今はじめて山里にやってきて、山里住まいを知った者の気持ちになられる。〕

姫たちにとっては、ここで「今はじめて」と、今までは感じたことのない思いで、「風の音荒らか」に怖れる自らを、宇治の自然の恐ろしさと共に世の恐ろしさを合わせて感じています。川の音を特別な音として感じて、違った感覚に引き込まれるのは、いつもその場にはいない人で、都の人であったり、風光明媚ともいわれる静かな環境に別荘をもつ人たちといえるでしょう。匂宮は、中の君と共に朝を迎え、川の傍の邸から外を見て趣があると思えるのです。

それは「目馴れず」というからで、「目馴れぬ」となれば、またその心も変わっていきます。

明けゆくほどの空に、妻戸《つまど》おし開《あ》けたまひて、もろともに、誘《いざな》ひ出でて見たまへば、霧《き》りわたれるさま、所がらのあはれ多くそひて、例の、柴《しば》積む舟のかすかに行きかふ跡の白波、〈目馴《めな》れずもある住まひのさまかな〉と、色なる御心にはをかしく思しなさる。

（「総角」⑤282頁）

〔しらじらと明けいくころの空に、妻戸をお開けになって、匂宮が中の君をお誘いになりご一緒にお出になり、外の景色を御覧になると、霧が一面にたちこめて、山里である場所がらもあり心に染み入ることも増して、例の、柴を積む小舟が行き来した後の白い波も「見慣れず珍しいところにある住まいの様子であるよ」と細やかなお心に

趣があるとお思いになられる。〕

霧が辺りを覆い見慣れない景色に感動し、重ねて傍にいる女君を同様に美しいと感じていますが、霧が晴れて辺り一面をよく見れば、全く別のことを思い、視覚によって匂宮の感情が変化してきます。

山の端《は》の光やうやう見ゆるに、（…）水《みず》の音《おと》なひなつかしからず、宇治橋《うぢばし》のいともの古《ふ》りて見えわたさるるなど、霧晴れゆけば、いとど荒《あら》ましき岸のわたりを、「かかる所にいかで年を経たまふらむ」など、うち涙ぐまれたまへるを、〈いと恥づかしく〉と聞きたまふ。

（「総角」⑤282～283頁）

〔山の端に日の光が少しずつ明るく見えるようになってきて、…水の響きは心惹かれるものではなく、宇治橋がとても古そうに見渡すことができるほど霧がはれてゆくと、ひどく荒々しい川岸の辺りにであったので、「このような所に、どのようなご様子で、どのようなお心持で年月をお過ごしになられてきたのだろうか」とお話になり、涙ぐんでおられるお姿に、中の君は〈とても恥ずかしい〉と思ってお聞きになっている。〕

匂宮の心象は自然の描写とともに変化していますが、中の君は川の音が激しい場所に暮らしていることを指摘され、恥じているだけで音には感知してはいません。
阿闍梨が冷泉帝に八の宮の様子をお話したときには、阿闍梨は川音を感知していました。

さすがに物の音《ね》めづる阿闍梨《あざり》にて、「げに、はた、この姫君たちの琴《こと》弾《ひ》き合わせて遊びたまへる、川波《かわなみ》に競《きほ》ひて聞こえはべるは、いとおもしろく、極楽《ごくらく》思ひやられはべるや」と古代にめづれば、（…）（「橋姫」⑤129頁）

〔なんといっても、音楽を好む阿闍梨であって、「ほんとうに、さすがなこと、この姫たちの琴を合わせて弾いて過ごしておられるのが、川の音と競い合うように聞こえているのは、とても雅やかで極楽を思わせられるようです。」と、古めかしい言い方でほめると…

このように阿闍梨には、川の音が琴の音と合わさって聞こえています。しかし、八の宮が留守とは知らず宇治に向かった薫は、邸の外で姫たちの琴の音を耳にします。八の宮の邸の近くに来た時、ただよう琴の音に感動していますが、「近くなるほどに、その琴《こと》とも聞きわかれぬ物の音ども、いとすごげに聞こゆ。「常にかく遊びたまふ」と聞くを、ついでなくて、親王《みこ》の御琴《きんね》の音の名高きもえ聞かぬぞかし、よきをりなるべし」（「橋姫」⑤136～137頁）と、川音には一切触れられてはなく、耳に入っていません。さらに「しばし聞かまほしきに、忍びたまへど」（⑤137頁）や「しばし、すこしたち隠れて聞くべき物の隈《くま》ありや」（⑤138頁）と身を潜めて、聞くことに集中しているはずなのに、川音は意識されていません。霧に覆われ遮断された薫には、視覚に入らないところの川音は、薫には必要ないものとして覆い隠されているようです。

続篇の音の描写についてみてきましたが、五感に訴える自然の描写は正篇と同様に登場人物の周りにちりばめられていますが、物語の方法としては、三田村雅子が「宇治十帖においての自然は、登場人物を取り囲むというよりは、もっと激しく直截に登場人物の心の中に踏みこんでくる〈音〉として端的にあらわれるように思われる」（111頁）と述べているように、選び取られた感覚が登場人物の心情そのものを映し出しているといえます。

（髙橋）

Q16 『源氏物語』から作者紫式部の思想や嗜好を客体的に抽出することはできますか？

A　質問を聴取すると必ずといってもよいほど、「紫式部は何を思ってここを書いたのでしょうか？」とか、「この場面は、書き手の男性観が現れているのでしょうか？」といった類のものが山ほど出てきます。作者の紫式部ではない、私は、絶句し、辟易することしばしばです。誠実に回答を試みるならば「わかりません」とするのが、一番正直な答えです。なぜならばそれは、質問者の疑問を解き納得させるだけの客体的な資料が何も存在していないからです。これは、近代文学の場合でも同様です。何もないのに、適当でいい加減な回答を知ったかぶってしてはいけません。「わからない」というのが、一番正しいのです。

また、仮に「何を思ってここを書いたのか」、それが判り、「書き手の男性観が現れてい」たとして、それで、読者であるあなたは、何を得るのでしょうか？好奇心の満足？

これは、別な観点に置き換えれば、「作者の意図」は、一義的に反映するのか→「作者の意図」が判れば、『源氏物語』は、科学的に正しく読めるのか？ということになりますが、どうでしょうか？

素朴な科学論を展開しようとは思いませんが、理数系的な意味合いにおいて、なぜ文学を論じるときに、「科学的」とか、「客観的」という語彙を、文学を講じる教員（ここでは、私ですが）は、なぜ使用しないで、極力控えるのでしょうか？

こうした疑問に対して回答を試みるならば、文学は、AI（人工知能、ロボット）には、まだまだできない分野だからです。だから、実学的には、世の中のお役にまったく立たない学問で世過ぎをしている、文学の教員も、ロボットでは無理なので、とうぶんの間は、人間の教員が文学を講じることになりそうです。

なんとなく、「客観」的であることや「科学」的であることが、何か「優れている」ことであるかのような印象与えていますが、それは紛れもなく「誤解」です。

そのことについて、以下の命題を唱えた時、判然とするのではないでしょうか。

・太陽系において、その惑星の一つである地球が、太陽の周りを24時間で一周するその速度は、「客観的に早い」（or「客観的に遅い」）。
・私の彼は、私のことを「客観的に愛している」（or「客観的に愛していない」）。
・このコーヒーは、「客観的にうまい」（or「客観的にまずい」）
・今、私は、「客観的にお腹が空いている」（or「客観的にお腹が空いていない」）
etc……「数学」のテストでは100点満点取る学生がざらにいるのに、「国語」のテスト

（記述式ならば、まず絶対に）100点を取れないのは、なぜか？

「科学」的であることは、一義的な演算能力に優れていることです。AIと将棋や囲碁の名人が勝負をして、「AIに負けた」などという話は、実は当然のことなのです。

「系が閉じられた」将棋盤や碁盤は、たとえ何万通りの可能性があったとしても、その可能性が「一義的（これは、「科学的」と置き換えてもよい語彙です）である限り、「何万通りの可能性」を瞬時に演算する能力に長けている、人がAIに勝てるはずはありません。勝負以前に、結果は見えた話なのです。一義的に結果を競う競技において、人間は絶対に、AIには勝てないのです。

数学のテストで100点を取れる学生は取れない学生より、理数系の能力は高いかもしれないですが、それは人間相手の話で所詮AIには勝てません。でも世間では「あいつは頭が良い」などと誤解されています。単なる「専門バカ」にすぎないのですが…。何しろ、AIには勝てないのですから。

そのAIにも、勝てないものがあります。そうです、マークシート式ではない、「記述式」の国語のテストで100点を取ることです。ここでは、まだまだ人間には勝てない。

以上から解ることは、「人間」的なことという点において、AIはまだまだ未発達ですから、

「科学」的であることは、必ずしも「優れたこと」であるとはいえないのです。「科学」が最大能力を発揮できるのは、とりあえず「系が閉じられている」世界だけのようです。『源氏物語』のテクストは、比喩的に言ってよければ、難解な記述式の国語のテストのようなものです。一義的な正しさは、存在しない世界です。紫式部が何を考えてこれを書いたのか、「客観的」には解りません（主観的にもですが…）。百歩譲って、それが判ったとしても、それによって、読者が享受にあたって得るものが増えるかどうかは、議論の余地があります。

『源氏物語』の意味は、「一義的」ではなく、「曖昧多義的」に生成現象します。異なる価値観を持つ読者、それは成立した時から現在までの数多《あまた》の読者、およそ千年もの間、多くの読者に読まれ、まさに豊かに、いろいろと読み取ることができ、さまざまな意味が生成・現象しています。『源氏物語』のテクストに、そのような可能性があるとするならば逆に、一義的、客観的、科学的な意味を探ることじたいが、如何に愚かしいことかということを、悟るべきでしょう。

以上から、『源氏物語』から書き手の思想や考え、意図を一義的に抽出することはできないし、意味がないという結論に達します。

紫式部の著作物は、『源氏物語』と『紫式部日記』と『紫式部集』しか現存しません。どんなすぐれた読み手であっても、この三つの「資料」を自己の主観的な感性で解読した「もの」しかない。そこに現象する「イメージ」だけが、「紫式部」の像（虚像）であって、それは、読み手各自の主観でしかないわけなのです。

（東原）

Q17 光源氏の「モデル」は、藤原道長だという説は正しいでしょうか？

A　光源氏に藤原道長の面影を重ね合わせて読むことじたいは、まちがいだとはいえません。『紫式部日記』によれば、道長はたしかに彼女が女房として出仕していた一条天皇彰子の父親で、財政面のパトロンでもありましたから、彼の事績が『源氏物語』に反映していても何ら不思議ではありません。しかし、「モデル」や「モデル論」という考え方は、近代文学の研究に限って有効な方法だと、私には思われます。以下にその理由を述べてみましょう。

たとえば山崎豊子の作品は、実録物として人物や設定が一対一対応の「モデル小説」と呼ばれるものでした。『白い巨塔』は大阪大学医学部の大学病院がモデルであり、『華麗なる一族』は神戸銀行（現在の三井住友銀行）をモデルとした経済小説です。また、『沈まぬ太陽』は、日本航空社内の腐敗や航空事故を扱ったモデル小説です。さらに、沖縄返還の時の「日米間の密約暴露」、「西山事件」をテーマとした『運命の人』の主人公、毎朝新聞社記者弓成亮太は、毎日新聞記者である西山太吉が人物モデルです。この「モデル」という考え方は、一人の人物の事績を特化し一義的に人物の造形をしているとする考え方です。

だから、近・現代の「小説」というジャンルにおいて、「モデル」や「モデル論」という考え方は読解の手段としてたしかに有効性を持ってきます。しかし、これを古代に成立した『源氏物語』、「物語」というジャンルに応用してみた場合は、果たしてどうでしょうか。

夙に手塚昇に「源氏物語のモデル」（『源氏物語の新研究』至文堂、一九二六年）があります。その論に拠れば、手塚は書き手の側の創作事情や創作心理を鑑みて、それが作物に反映しているだろうとし、「澪標」巻を転換点としてその前までを藤原伊周《これちか》、以降を藤原道長の事績に実態的に比定しています。歴史的事実の反映だという理解です。一見、実証的で手堅い方法のように見えますが、果たしてそうでしょうか。史実に即して限定化してしまうことにより、虚構の光源氏の人物像じたいが、矮小化されてしまいます。近代合理主義の歴史観は、残念なことに光源氏の人物像を痩せ細らせてしまい、結果的に作中人物の持っていた魅力を削ぐという結果に繋がりかねません。

それでは「准拠《じゅんきょ》」という鎌倉・室町、中世の源氏学・古注釈の方法は、どうでしょうか。いわゆる延喜天暦《えんぎてんりゃく》准拠説も用い方を間違えると、モデル論と転一歩の生産性のないものになってしまいます。古注『河海抄《かかいしょう》』の指摘以来、物語の時間空間を作品の成立から一世紀遡《さかのぼ》らせ、時代を延喜天暦の聖代に設定し、桐壺帝を延喜の帝＝醍醐天皇に、光源氏を醍醐天皇の皇子＝源高明にと。その後も辻褄を合わせるように律義に史実を反映させた読み方をしてしまうと、現実的《リアル》な分、物語がせっかく用意してくれていた主人公《ヒーロー》の理想性からは、逆に遠ざかる結果になってしまいます。何のための研究なのか、ということです。中途半端な歴史的な知識を振りかざして、物語が有している虚構性を破壊することになりかねません。どう読むことが、生産的なことなのか、冷静に考えてみる必要があります。

『源氏物語』じたいは、場面・場面、局面・局面において、光源氏を実在の源高明や藤原伊周に、そして藤原道長に、重ね合わせ読むことを求めているともいえるでしょう。

たとえば「須磨」・「明石」の流離において、菅原道真に、在原業平・行平に、大陸の周公旦という人物たちにと、歴史的な事跡や歴史的な事実の一部・部分をその時々の場面に都合よく切り取り、「モザイク」のように、あるいは「パッチワーク」のように引用し、良いとこ取りで重ね合わせ継ぎ接ぎにするという寄せ集め的な方法論で、書き手は書いています。近代的な意味での一貫性統一感はまったくなく、分裂しているといえるでしょう。

結論として、繰り返しますが、『源氏物語』のような古代の物語は創作の方法論として、近代の小説のように一対一の人物対応で筋を紡ぎ、人物を造形するというような思考のもとに書くようなことはしていません。

冒頭でも述べたように、藤原道長を「光る君」に重ね合わせることは一向にかまいませんが、それが果たして『源氏物語』とって生産的な読み方なのか、どうか。よくよく考えてみることです。道長を重ね合わせてイメージされてくるのは、腹の底がつかめないしたたかな権力者としての光源氏像、彼の人物としての、あくまでも一面だけではないでしょうか。

（東原）

Q18 「通い婚」という婚姻形態は無いという話を聞きましたが、ほんとうでしょうか？

A　それは工藤重矩の説で、私はそれに賛同する立場です。工藤の説を手軽に理解するためには、『源氏物語の結婚』中公新書、二〇一二年を御覧になるとよいでしょう。書中で工藤は、「一夫一妻多妾制」ということばを使っていますが、初めて工藤が主張した段階では（『平安朝の結婚制度と文学』風間書房、一九九四年）、「一夫一妻」ならば日本の近代の婚姻制度と何ら変わらないではないかという誤認に発した批判が出て、説としては学界に、なかなか浸透しませんでした。

この時分私は「源氏物語研究の新しいテーマ集50」において（『國文学』一九九九年四月。東原伸明『古代散文引用文学史論』勉誠出版、二〇〇九年所収）、次のように述べています。

1　源氏物語の婚姻制度とは何か

一夫一正妻多妾制という工藤重矩の提言（『平安朝の結婚制度と文学』風間書房）は、従来の一夫多妻制より実態に即している。ただし、歴史社会の制度で虚構世界を裁断してしまうのは誤りである。阿部秋生は、明石の君が召人的な扱われ方を避けたと説いたのであり、彼女が召人であると論証したわけではない。歴史社会の制度と内なる制度とのズレが説かれなければ、物語の世界を説明したことにはならない。

「禁じ手」ですが、あえて工藤の「一夫一妻」を「一夫一正妻」と誤引用することで、工藤の主張の趣旨を明確にアシストしたつもりです。工藤は律令の用語「妻《サイ》」と「妾《シヨウ》」とを用いて平安朝の婚姻制度を明快に説いています。もっとも工藤は現在でも自説を、「一夫一妻多妾制」としており、名称を変更する気はまったくないようです。

よく平安時代の婚姻制度は「一夫多妻」だと言われてきました。文化人類学が説く普遍的な人類モデルなので、日本の平安朝にも当て嵌められて、特に『源氏物語』もそのように理解されてきました。「夫」とする一人の男性に、女性の配偶者が幾人もいるという形態に対する理解には、形態的には、たしかに大差ありません。問題となってくるのは、女性配偶者たちの在り様です。従来の「多妻」の語は、どなたも平等に「ツマ」だという思考を導きます。工藤は律令の規定を鑑み、その「多妻」の内実を説いているわけです。

藤原兼家を例にした場合、同居している正妻、時姫《ときひめ》が生んだ三人の男子たち（嫡子）、長男の道隆、三男の道兼、五男の道長たちと妾腹の次男道綱（庶子）とでは、昇進のスピードや兼家の財産分与相続において、大きな差があることを認識しなくてはならないのです（ちなみに、四男は藤原道義で、母は藤原忠幹の娘です）。「正妻」とその腹から生まれてきた子たちには、妾腹の子とは異なる特権があったという事実、これを知らなくてはならないでしょう。だから、一夫一正妻多妾制なのです。

この事実が表題とどう関わるのか？夫は、正妻とは同居していますから、『蜻蛉日記』の書き手である道綱の母に会うためには、通っていくしかないわけです。「待つ女」という和歌のテーマは、正妻以外の「妾《ショウ》」（か、「愛人」か、「召人《めしうど》」か、「他人の妻妾」か、「行きずりの女性」かｅｔｃ）でなければ成り立たない、設定《シチュエーション》の話です。同居している、正妻とでは文学にはならない。時姫作、「兼家との愛妻物語」など、およそ読む人はおりません。だから、「妾」の許に通ってゆく叶わない不如意な恋の、『蜻蛉日記』が成立するわけです。『伊勢物語』などの作品のイメージがあまりに強烈で、平安時代の婚姻は、すべて男が女の許に通っていく「通い婚」の形式がふつうだ、という誤解を生んだのだと工藤は説いているわけです。

一つ工藤の説明にクレームをつけるとすれば、構想論的な説明は結果論であって、結果をもって作者紫式部の構想だとするのは、間違いです。なぜならば、工藤が説明している

「紫式部は…」には、「工藤重矩は…」、つまり「わたしは…」と置き換えが利いてしまうからです。「紫式部は…」というフレーズは、「錦の御旗」と同じで、「紫式部は…」と唱える工藤説に、反対ができないではないですか。作者自身の構想を主張するならば、それを裏付ける外部資料を「証拠」として出すべきです。出せないのならば、それは、私の「読み」だというべきです。結果論を「構想」と呼ぶのならば、構想が成就して現行の本文になったのか、構想が挫折して現行の本文に成ったのか、その区別が、できないではないですか。だから工藤重矩の説く、「紫式部は…云々」は、工藤の「読み」以外の何ものでもなくて、紫式部の構想だという証拠は、まったくないのです。したがって、工藤の「読み」として、賛同するか、しないかだけなのです。

（東原）

Q19 光源氏の容姿の美を、どのようなものとしてイメージしたらよいのでしょうか？

A　前提として、『源氏物語』は女房階層の女性の書き手によって書かれた物語であるということに留意する必要があります。すくなくとも書き手は『源氏物語』の読み手を、「女性」に設定しているということです。光源氏の美質の造形には、女性が好む美意識がストレートに反映していると考えてよいでしょう。それでは物語において、光源氏はどのような容姿として描かれていたでしょうか？

『源氏物語』の第二巻「帚木《ははきぎ》」巻には「中の品」（中流階級）の女性空蟬《うつせみ》を愛人として得るために、彼女の弟をてなづけあの手この手の手練手管《てれんてくだ》で迫るのですが、その方法は尋常ではありません。とことん情に訴えるのです。つまり、光源氏は姉の空蟬をものにするために、まず弟の小君《こきみ》を召し寄せ口説きます。

君、召し寄せて、源氏**「昨日《きのふ》待ち暮らししを。なほあひ思ふまじきなめり」と怨《ゑん》じたまへば、顔うち赤めてゐたり。源氏「いづら」とのたまふに、「しかじか」と申すに、**源氏**「言ふかひのことや。あさまし」とて、またも賜へり。**源氏**「あこは知らじな。その**

伊予《いよ》の翁《おきな》よりは先に見しぞ。されど、頼もしげなく「頸細《くび》し」とて、ふつつかなる後見《うしろみ》まうけて、かく侮《あなづ》りたまふなめり。さりとも、あこはわが子にてをあれよ。この頼もし人は行く先短かりなむ」とのたまへば、〈さもやありけむ、いみじかりけることかな〉と思へる、〈をかし〉と思す。（「帚木」②108頁）

〈光源氏の君は、小君を傍に召し寄せて「昨日一日中、そなたを待っていたというのに、私が思う程には思ってくれてないようだね」と恨み言をおっしゃると、小君は顔を赤らめている。「どうだったんだい」と促《うなが》されるので、「こうこうですよ」と申しあげると、「頼みがいのないことだね。あきれたよ」と言って、またお手紙を下さる。「そなたは知るまいな。あの伊予の爺さんなんかより、姉さんとは麿《まろ》の方が先に関係を持っているんだよ。だけども、頼りにならない「細首の青二才」だと見くびられて、あてつけるようにみっともない旦那を持って、このように麿のことを虚仮《こけ》にしているんだろうよ。そうであっても、そなたはわたしの子でいておくれよ。あの頼り人は、生い先が短いだろうに」とおっしゃるので、小君は〈そういうこともあるだろうな、えらいことだな〉と思っているのを、君は、〈してやったり〉とお思いになる〉

ここを玉上琢彌は端的に、「同性愛」だと言います。

同性愛、男色　「あひ思ふ」などというのは同性愛だ。『源氏物語』で「小君」と呼ばれるのが、もう一人いる。宇治十帖後半のヒロイン浮舟の弟である。浮舟がゆくえ不明になってから、薫は女の代わりにかわいがっている。これも同性愛である。それから、紅梅の巻に大納言の若君を兵部卿の宮がかわいがるとあるが、これもその義理の姉の代わりとしてなのである。殿上童なども同性愛の対象にされることがあったであろう。この変態性欲は、僧侶のあいだに広く行われ、俗人にひろまったらしい。

源氏は二度目の手紙を渡して、さらに説得に努める。こっちが先口《せんくち》だ、と言う。子供を言いくるめようとするのだが、その中で「頸細し」と自分のことを言っている。源氏の体格を知る唯一の語である。女のために女が書いた『源氏物語』のヒーローは、女好みの体格であり性格である。まさに少女歌劇の男装の麗人だ。

紀伊の守より源氏の方が、権力もあり財力もある。義理の親子でもないから、人の思わくを心配せずに、正々堂々と小君をかわいがるのである。

（玉上琢彌「帚木（明融本）」『源氏物語評釈　第一巻』角川書店、一九六四年）

玉上琢彌の指摘にしたがえば、光源氏の美は宝塚歌劇などの男役、スマートな骨格の男装《だんそう》の麗人《れいじん》を想起させる、やさ男ということになります。筋骨隆々《きんこつりゅうりゅう》の、マッチョとは正反対の美意識です。また高貴さと卑俗さとは、骨格に象徴されているのでしょうか、光源氏が小君相手に発した「頸細し」ということばには、言外《げんがい》に伊予の介《すけ》という受領階層へのアドバンテージ、揶揄《やゆ》が感じられますね。

ところで「男装の麗人」は、女性が男性に扮してのものですから当然それは「女性美」・「女性的な美」ということになります。光源氏の麗姿《れいし》を、そのようなものとして、眺めている男たちの視線から叙述がなされている場面もあります。

白き御衣《ぞ》どものなよよかなるに、直衣《なほし》ばかりをしどけなく着なしたまひて、紐《ひも》などもうち捨てて添ひ臥《ふ》したまへる御灯影《ほかげ》いとめでたく、女にて見たてまつらまほし。この御ためには上《かみ》が上《かみ》を選《え》り出《い》でても、なほあくまじく見えたまふ。（「**帚木**」①**61**頁）

〔光源氏の君は、白い柔らかなお召し物の上に、直衣だけをわざとしどけなくお召しになられて、紐なども結ばず脇息《きょうそく》に寄りかかっていらっしゃる、その火影に映し出されているお姿がとても美しくて、女として見申し上げたい。このお方のためには、上流階級のさらに上の位の女性を選び出したとしても、まだ満足なされそうもなくお見受けされる」

左馬頭《ひだりのむまのかみ》、藤式部丞《とうしきぶのじょう》らによる、「雨夜《あまよ》の品定《しなさだ》め」の場面です。受領《ずりょう》（地方官）階層の彼らの視線から高貴な貴公子の姿が捉えられており、女性的な美しさとして光源氏の姿が投影《とうえい》されているわけです。

また平安の貴族、お公家さんは男でも白塗りの化粧に鉄漿《おはぐろ》をしていましたから、光源氏もそのイメージで捉える必要があるかもしれません（前田和男『男はなぜ化粧をしたがるのか』集英社新書、二〇〇九年。山村博美『化粧の日本史　美意識の移りかわり』吉川弘文館、二〇一六年）。光源氏の顔は白塗りで鉄漿であった？かもしれないですね。

そもそも我が国初の「国風文化」は、女性（女房）が担い手の「女性文化」なのです。和歌を優美にくずし字のひらかな（変体仮名《へんたいがな》）で記し、男性との社交もその女性の側の領域・範疇で行われていたというわけで、こうした女性中心の文化の中でもてる男は女子力に長《た》けていなければならなかったのです。

※　ＬＧＢＴＱへの理解が進みつつある今日の思想状況に照らして、男色を「変態性欲」と呼ぶ玉上琢彌の発言には、隔世の感があります。

（東原）

Q20 『源氏物語』を現代語訳で読むと、なぜこんなにつまらなくなってしまうのでしょうか？

A　従来から『源氏物語』の原文は多義的で難解なので、無理せずに現代語訳で読めば事足りるとした意見はありました。しかし、現代語や現代語訳というものは、平安朝を中心とした古典の文章に対して、果たして進化したものであるといえるのでしょうか。

私たちが日常使っている現代の文章は、文末語が「何々した」の「た」と「何々する」の「る」、「た」と「る」の二つしかありません（もっとも、言い切りの形を加えてよければ、三つになりますが）。

二つしかないことをもって、「だから簡単で便利だ」とする立場と、「二つしか使えないので、表現性に問題があるのではないか」と考える立場と、評価はまさに正反対になります。私は、後者の立場に与します。

現代語に対して古典のことばは、過去と完了の助動詞が、「き」・「けり」・「つ」・「ぬ」・「たり」・「り」と六つもあります（これも言い切りの形を加えれば、七つになります）。単純に古典のことばは、現代のことばに比して三倍の表現力があることになりますから、この点において、私は古典のことばの方が表現性において豊かだと考えます。表現性が広い文学作品『源氏物語』を、「た」と「る」しか使えない表現性の狭い現代語で翻訳して、面白くなるはずがありません。

よくお勧めの現代語訳は誰のですか、谷崎潤一郎ですか、それとも与謝野晶子ですか、瀬戸内寂聴、橋本治?と尋ねられることがありますが、現代語に翻訳する限りにおいては誰がやっても大同小異で、後はお好みでとしかいいようがありません。もっとも私は、使い慣れているという理由からだけですが、新潮社から出ている円地文子のものです。これとて、表現性の狭さと近代の合理主義の感覚からは逃れえません。ことばの表現性において、明治の開化によってきわめて政治的な理由から「創られた」現代のことばは、ことばとして使われ磨かれてきた古典のことばに、初めから太刀打ちできません。残念なことに、われわれが「判りやすい」と思っている現代のことばは、近代合理主義によるダイエットの結果だといえます。日本語としては、残念ながら退化したものだと、認めるのにやぶさかではありません。では、今日において、私たちも古典のことばをつかうべきでしょうか?それは、私を含めて無理な話です。そんなアナクロニズムを主張しようとは思いません。

現代に生きるわれわれは、悲しい話ですが、明治の開化に始まる近代の合理主義的な教育を、物心がついた時から受けています。近代の合理観で物事を判断することが、身に染みています。いまさら平安時代に戻ることが、できるわけもありません。われわができることは、せいぜいのところ平安京に生きた人々の知恵に、学ぶことくらいです。古典は、現在に生かし活かすことこそ意味があります。「酒は新しい皮袋に…」、ともいうでしょう。王朝人《おうちょうびと》のセンス、感覚を見習うことから始めるしかないということです。

そのためには辛抱をして、まず『源氏物語』という文化遺産を解読する力をつけ、何よりも楽しんで読めるようになることが肝要です。そのためには、毎日、時間を決めて、たとえ10分でも20分でも、短時間でかまいません、中身がよく判らなくてもかまいません。とにかく一通り読破すること、達成感と充実感が己《おのれ》のモチベーションの原動力になります。まったく理解できなかったと思ったら、その時こそが大事で、翌日、同じ箇所をもう一度読み直してみてください。昨日思っていた印象よりは、数倍理解している自分に気づくはずです。

私の経験を申せば、大学生の時に初めて原文で本格的に読み始めたのですが、読みだして四年間は、かなりちんぷんかんぷんで、少しも面白くありませんでした。砂を噛むようなとは、よく言いますが、それでも投げ出さなかったのは、私のポリシーとして、「できないことと、やらなかったこととは、同じではない」というダンディズムからです。

私は理系から転向した遅れてきた文学青年でしたから、進学校で受験勉強をしてきた同期には、四年間まったく歯が立たず、敵いませんでした。

それでも学部の四年間は、彼らが馬鹿にしていた一般教養を、ほとんど一度もさぼることなく勤勉に出席して聴講し（いわゆる一番前の席に坐って教師の話にふんふんとうなづきノートを取る、傍目には優良な学生のくちです。期待した教師が、指名すると、残念なことにピントがズレていて、真面目だけれど気の毒な学生……）、しかし教師が参考書として勧めるものを愚直に図書館で読み、ちんぷんかんぷんでもかまわず、とにかく最後まで読み通し（読破したという、達成感だけはありました）、当然ながら苦手な科目の試験の成績は散々でしたが、それだけやったので、できなかった科目であるにもかかわらず、妙に愛着を覚えました。〈次に出逢った時は、ハードルが低いぞ〉と思いました。「できないことと、やらなかったこととは、同じではない」。

四年間が過ぎた頃、急に『源氏物語』が面白く読めるようになったことに、気づきました。読み始めた頃と何が違うのか？内部の世界観が、違うのです。『源氏物語』の内側で声を発している彼らの気持に、妙に共感できるという、自分に気づきました。どことどことが繋がっていて、誰と誰とが何を考えているのかが、格段に理解できるようになりました。

「桃・栗三年、柿八年、梅は酸《す》いので十三年」などという諺《ことわざ》もあるように、種を撒いて芽が生え成長し、一見立派な木となっても、果実を実らせるように成るまでには、呆れるほどの年月を要するものです。

たとえば歌舞伎・芝居、あれを興味が無いにもかかわらず、初めて見に行った人は、初回から楽しく観劇できるものなのでしょうか。残念なことに私には、退屈でした。私が歌舞伎を初めて見たのはずいぶんと昔で、もう出し物は忘れてしまいましたが、今は亡き、先代の團十郎が襲名をした頃です。観劇に連れて行ってくれたのは、同じ大学を卒業した方でした。観終わった後彼は思わず、「相変わらず、活舌が悪いなぁ」とつぶやいたのを、よく覚えています。歌舞伎を通《つう》とする人は、自分が知らない出し物話を観劇するのではなくて、自分が何度でも観ていてよく知っている出し物、知悉しているものを、役者や年月を違えて、比較して観るということをします。

同じことはクラシック音楽の好きな人には、よく解ることではないでしょうか。二〇二三年の冬、ベルリン・フィルハーモニーは主席指揮者（Chefdirigent）のキリル・ペトレンコ（二〇一九年秋就任）に帯同して来日しました。その様子を音楽評論家の東条碩夫《とうじょうひろお》が、以下のように語っています（「私の聴いたベルリン・フィル」『月刊 MOSTLY CLASSIC』二〇二四年二月号)。

「ベルリン・フィルが以前キリル・ペトレンコと協演した演奏は、11年前の2012年12月19日、ベルリン・フィルハーモニーで聴いたことがある。(中略)/とはいえ、あの時に聴いた彼の指揮はまだ少し遠慮がちで、どの曲でもベルリン・フィルらしい大真面目な演奏に巻き込まれていて、両者の距離を感じさせないではいられなかったのだ。それに比べると今回はなんという違いか、まるで別人のような勢いで、彼は自信満々、この超大戦艦のようなオーケストラを制御している。素晴らしい成長ぶりである。1曲目でのモーツァルトの交響曲での演奏からして、弦楽器群の引き締まった、それでいて瑞々しさを失わない透明感ある響きは、ベルリン・フィルがサイモン・ラトルの時代とは明らかに変わったことを感じさせたのではなかったろうか」。

素人の私の友人も、「さすが、○○の指揮するウィーンフィルの演奏は、違うね」などと、知ったか振って言いますが(私は、そうかなぁと思いますが…)。聴き手には、各々が知悉している評価の基準が、自分の中にあるということでしょう。もちろん、長年に渡る自学自習により、マニアと化すわけで、けっして、カルチャーセンターなどで習う（笑）類のものではありません。

たとえば大学で単位修得のためだけに、『源氏物語』の講読の授業を半期、それも予習も復習も何もしないくせに教師の話をぼーっと聴いているだけで、「楽しく読めるようにしろ」と、質問用紙に書いて返す、学生がいますが、ずいぶんと「虫の良い話」ではないでしょうか。予習をするか、復習をするか、両方するか…、何もしないくせに、責任を担当教員に転嫁するのですから。その前に、最低限の努力はしてほしいものだと、いつも思っています。そんな学生に向かって穏やかに授業をすることに、苦痛を感じるようになってきました……。

私の能力では四年間もかかりましたが、この授業を聴講しているあなた方ならば、「桃」や「栗」よりも早く、才能を開化させることができるかもしれませんよ（反対にできないかもしれませんが……）、とにかく一通り、読み通さないことには事は始まりません。

さて、いま気づいたことですが。挫折し途中で放棄してしまった本の中には、たしかに『源氏物語』の現代語訳もありました。たぶん、与謝野源氏ではなかったかと思います。

（東原）

Q 21 『源氏物語』は現代語訳で読んでも「誤読」の余地はないという意見を聞きましたが、ほんとうでしょうか?

A　それは吉本隆明の主張で、次の文章のことだろうと思います。

たとえば「物語のはじめ」と呼ばれる『竹取物語』は表現としてたいへん整っていて、文学史でいえば遥か後代の物語に対応する。また平安朝の『源氏物語』は表現史としてみれば、近代小説としてのすべての条件を具えている。だから現代語訳で読んでも少しも不都合ではないし、逆にして言えば現代語訳で読んでも内容を誤解することはありえない。『源氏物語』は「原文」で読まなければと称している米英系の日本学者(日本文学研究者)の文章を読んで、思わず噴き出しそうになったのを記憶している。近代以後の文学表現の特徴は、作者と独立に作品表現を扱えること、物語性の構成要素の全部または一部をはぶく(解除する)ことが自由なこと、作者の直接主観をあたかも地の文とおなじように(しかも区別して)作品のなかに登場させうること、などを可能にし、また実現していることだと言えよう。『源氏物語』は完全にこの条件を具えている。だから「原文」でなく現代語訳で読んでも誤読の余地はない。むしろ『源氏物語』を専門としている古典学者のほうが、近代以後の文学作品の構造を知らないために、誤読または読みきれていないばあいが多いと言えよう。

（「文庫版のあとがき」『定本 言語にとって美とはなにかⅡ』角川ソフィア文庫一九九〇年）

前述したように（**Q20『源氏物語』を現代語訳で読むと、なぜこんなにつまらなくなってしまうのでしょうか？**）、現代語は、文の末尾が「た」と「る」の二つしか使えないのに対して、古典のことば（過去・完了の助動詞）は、「き」・「けり」・「つ」・「ぬ」・「たり」・「り」の六つもあり、現代のことばよりも表現性が三倍も豊かだったのです。

さて「誤読の余地」があるか、ないかという吉本の近代的な合理観は、実はたいへん危険な問題を内包しています。当該古代のことばにそれが屈服した例を、次にお見せしましょう。

まだ若く未熟な頃の光源氏の話です。中秋の夜、五条の夕顔の宿で女（＝夕顔）と密会をしている場面です。暁近くなり、近隣の民《たみ》が毎日の稼ぎのために起き出してきて、狭い長屋なので、二人の部屋にまで生活騒音が聞こえてきます。市井《しせい》の暮らしが、仄《ほの》見えます。

八月十五夜、隈《くま》なき月影、隙《ひま》多かる板屋《いたや》残りなく漏り来て、見ならひたまはぬ住まひのさまもめづらしきに、暁近くなりにけるなるべし、隣の家々、あやしき賤《しづ》の男《を》の声々、目覚まして、「あはれ、いと寒しや」、「今年《ことし》こそなりはひにも頼むところすくなく、田舎《ゐなか》の通ひも思ひかけねば、いと心細けれ。北殿こそ、聞きたまふや」など言ひかはすも聞こゆ。いとあはれなるおのがじしの営みに、起き出でてそそめき騒ぐもほどなきを、[a]女いと恥づかしく思ひたり。[b]艶《えん》だち気色ばまむ人は、消えも入りぬべき住ひのさまなめりかし。[c]されど、のどかに、つらきもうきもかたはらいたきことも思ひ入れたるさまならで、わがもてなしありさまは、いとあてはかに児《こ》めかしくて、またなくらうがはしき隣の用意なさを、〈いかなること〉とも聞き知りたるさまならねば、なかなか恥ぢかかやんよりは罪ゆるされてぞ見えける。ごほごほと鳴神《なるかみ》よりもおどろおどろしく、踏みとどろかす唐臼《からうす》の音も〈枕上《まくらがみ》〉とおぼゆる、〈あな耳かしまがまし〉とこれにぞ思さるる。〈何の響き〉とも聞き入れたまはず、〈いとあやしうめざましき音なひ〉とのみ聞きたまふ。くだくだしきことのみ多かり。

（新編小学館日本古典文学全集「夕顔」①155～156頁）

当該本文に相当する部分を、林望『謹訳 源氏物語 一 改訂新修』（祥伝社、二〇一七年）は、次のように訳しています。

八月《はづき》十五夜になった。／中秋の名月の皓々《こうこう》とした光が、夕顔の宿りの隙間だらけの粗末な板葺《ぶ》きの家の中まで漏れ入ってくる。そういう貧しい家居《いえい》のさまも、見慣れぬ風景としてめずらしく思われるのであった。

やがて暁近くなったのであろう。隣の家々から、賤しげな男の声で、もう目を覚まして、聞きなれぬことを言い合っているのが聞こえてくる。

「おお、寒いこっちゃのう。今年は、米のなり具合もどうも当てにならんことで、田舎へ買い付けに行くちゅうことも、とんとできんわなあ、これじゃ。心細いこっちゃな。おい、おーい、北のお隣りさんよ、聞いとんのかいな」

ひどく貧しいそれぞれの活計《かっけい》の営みをば、早くも起き出して大声で怒鳴りあっているのが、こんな間近に聞こえるというのも、[a'] 女には恥ずかしくてならなかった。[b'] 風流ぶってもったいをつけている女だったら、こんなありさまは、恥ずかしくて死にたくなるほどの、あさましい貧家の様相であったろう。

c'しかし、夕顔の女は、ただおっとりとして、辛いことも、心憂きことも、またきまりの悪いことも、とくに気に病むという様子もなく、ご本人の挙措動止《きょそどうし》はまことに貴族的に品よく、また子どもっぽくて、このとてつもなく騒がしい隣家の露骨な会話なども、いったい何を言っているのかろくに分からないという状態だったゆえに、なまじっかそういうことを知っての上で恥ずかしさに赤面したりする人に比べれば、いっそ罪のないように眺められた。

また隣家から、ゴロゴロ、ゴロゴロと、騒がしい音がする。雷《かみなり》よりうるさいこの音は、唐臼というものを踏み轟《とどろ》かして米など搗《つ》いているのであるが、それがしかも、すぐ枕《まくら》のわきでやっているように近々と聞こえる。

さすがの源氏も、この音ばかりは、〈やかましいなぁ……〉、と閉口するのであった。ただ、それが何の音なのかまでは源氏には分からない。単に訳の分からない、騒々しい音と聞いたに過ぎなかった。／その他、いちいち書くに及ばぬ、ごたごたしたことばかり多かった。

この現代語訳には、残念なことにせっかく「現代語」に「訳」したというメリットが感じられません。それは、「誰が」という主体を明確に示していないことにあります。誰の叙述であって、誰の思考なのか？まったく記されてなく、明晰ではありません。林訳にはその気が無いようです。何のために現代のことばに置き換えたのか？理解できません。また、不可思議な語彙の使用にも、戸惑いを覚えます。「家居《いえい》」などということばを、「住居」・「住まい」の意味で、ルビまで振って用いる、異常な言語感覚（欲望？）もよくわかりません。素直に「住まい」ということばを用いた方が的確で、読者にはぴんとくるのではないでしょうか。どうやら『源氏物語』は、あまりおいしくないようです。ツッコミどころが満載ですが、このへんにしておきましょう。

さて、本文と現代語訳とに、それぞれa・b・cと、a'・b'・c'の記号を付したのは、実は『源氏物語』の「語る主体」が分裂している部分だからであって、近代の、統一された「作者」という概念からは説明がつかない問題のある箇所だからです。

当該場面に関しては、三谷邦明に明晰な分析があるので、それを引用してみましょう。

aの文章は、夕顔がそれを「恥づかしく」思っていると「たり」を用いて述べている。bの文は「なめりかし」という語が示すように、草子地で、『源氏物語』では主人公の体験を見聞した複数の女房が語り手として設定されており、その中の一人が述べた主張であろう。この文では、夕顔のようでない「艶だち、気色ばまん人」ならば消え入ってしまいそうな気持がするに違いないと、夕顔を皮肉っているのである。cの文章は、文末が「見えける」と書かれていることから分かるように、光源氏の視線から把握された夕顔像で、注目すべきは「中〳〵恥ぢかゞやかんよりは、罪許されてぞ」と、夕顔が恥ずかしがっていないと判断していることである。／つまり、aは夕顔、bは語り手、c光源氏の、早朝での隣家の話し声に対する各々の反応を描き出しているのだが、ここには場面を一義的に価値づける近代的な「作者」は存在しない。

（「近代小説の言説・序章―小説の〈時間〉と雅文体あるいは亀井秀雄『感性の変革』を読む―」『物語文学の言説』有精堂出版、一九九二年。初出、『日本文学』一九八四年七月）

続いて三谷は、「夕顔の「恥づかしく」思う感性は当然だと言ってよく、それが相手に気取られないほど抑制されるのも、彼女の性格なのであり、また語り手のような女房たちの〈美意識〉からすれば、この状況は死に価するように思われるのも確かなのであり、十七歳の光源氏が昂揚した感情から、夕顔の罪のなさが蠱惑的に見えるのも真実なのであって、それぞれの反応は響き合い、戯れ合うことはあっても、そこには一義的な意味は存在せず、本文《テクスト》を規定する「作者」などが存在する余地は『源氏物語』にはないのである」と述べています。

現代語訳は、畢竟「文化の翻訳」でもあることから、古典のことばを、そのまままただ近代のことばに置き換えても要をなさないということです。

この「夕顔」巻の例のように、『源氏物語』の書き手は、一つの文章に、主体の異なる三つ立場からいちどきに叙述できる文章を綴ることができる古代の人なのです。自我を有する近代人には、到底できない業《わざ》です。主体が分裂しているのですから。

だからというわけではありませんが、林望の現代語訳が、特段不出来だというわけではありません。ただ、三谷邦明が指摘するような、原文が三つの立場から叙述をしているというシチュエーションを知らないので、一人の「作者」の立場から翻訳しようとすることに、そもそも無理があるというわけです。

たとえ吉本隆明に笑われようとも、やはり『源氏物語』は、原文で読まなければ本質は理解できないのではないでしょうか。

Q22　紫式部や清少納言は地方の伝説や伝承を、どのように取り込んで作品を創り出したのでしょうか？

A　紫式部と聞いて反射的に想起されるのは、『源氏物語』の第二巻「帚木《ははきぎ》」巻の空蝉という女性の人物の造型です。初めて光源氏の求愛を拒否した女性、その人物のイメージを創り出すために、都から遥か遠方の東国《とうごく》、信濃国（現在の長野県下伊那郡阿智村《あちむら》）の「帚木」の伝説・伝承を取り込むことで、物語が紡《つむ》がれています。

若き光源氏はその才能が煌《きら》めき、抜群のカリスマ性を有しておりましたが、まだ人間としては未熟で、低い階層の、弱い立場の人の気持を察《さつ》することができずにおりました。自身の容姿に自信があったために、彼の誘いを断る女性が存在するということが信じられず、人生で初めての挫折感を味わうことになります。それも一度は関係を持った女性が、二度目は断固拒否するのですから、彼には訳が判りません。相手の弟、小君《こきみ》を手懐《てなづ》けて文使《ふみづか》いをさせるのですが、彼女は「うん」と言いませんでした。

君は、〈いかにたばかりなさむ〉と、まだ幼きをうしろめたく待ち臥《ふ》したまへるに、

不用《ふよう》なるよしを聞こゆれば、あさましくめづらかなりける心のほどを、源氏**「身もいと恥づかしくこそなりぬれ」と、いといとほしき御気色《けしき》なり。とばかりものものたまはず、いたくうめきて〈うし〉と思したり。**

源氏**「帚木《ははきぎ》の心をしらでその原の道にあやなくまどひぬるかな**
聞こえむ方《かた》こそなけれ」とのたまへり。女も、さすがにまどろまざりければ、
空蟬 **数ならぬ伏屋《ふせや》に生《お》ふる名のうさにあるにもあらず消ゆる帚木**
と聞こえたり。

（「帚木」①111〜112頁）

〈光源氏の君は、小君が〈どのように計略をめぐらし事を為してくれるのか〉と、思うのだがまだ幼いのが気がかりで横になって待っていらっしゃると、戻ってきて不首尾であった旨を申し上げるので、女の呆れるほど珍奇で頑《かたく》な心の在り方を、「こちらの面目まるつぶれだよ」と、たいそうお気の毒なご様子である。しばらくは何もおっしゃらず、ひどく嘆息して〈つらいことだ〉と、お思いになられている。

「近づけば（逃げ水のように）その姿が消えるという、伝説の帚木（のような女）の気持も知らないで、思慮もなく、園原の道に踏み迷ったものだな
申し上げる方もないことよ」とおっしゃった。女も、さすがに一睡もできなかったの

で、

人数《ひとかず》にも入らない賤《いや》しい伏せ屋生まれの私ゆえ、その場にいたたまれずに、消えてしまう帚木（の私）でございます

とお返歌を申し上げた。」

この贈答について小学館新編日本古典文学全集は、光源氏の贈歌に頭注一（112頁）は、次のような説明をしています。

「園原や伏せ屋に生ふる帚木のありとて行けど逢はぬ君かな」（古今六帖・五、新古今・恋一坂上是則―四句「ありとは見えて」）。帚木は信濃国（長野県）の伝説に、同国下伊那郡の「園原伏屋」の森にあった木。梢は、ほうきのようで、遠くから見ると見えるが、近よると見えなくなるという。女をそれにたとえる。『為信集』にも「帚木」と「伏屋」を材料とする贈答歌が見える。

対して空蝉の答歌については頭注四（同頁）が、

前記「園原や…」の歌をふまえ、地名の「伏屋」をいやしい小屋の意に転じ、「帚木」をわが身にたとえた。

という説明をしています。このように、信濃国の「帚木伝説」を踏まえた坂上是則の和歌が先蹤としてあり、『源氏物語』の書き手もこの伝説を基に当該巻を執筆しているわけで、素材としてはとても重要な位相にあると言えましょう。この帚木伝説がなければこの巻は存在しなかったのですから。

さて次に清少納言の場合は、どうでしょうか。

実例を示しましょう。同じく長野県上伊那郡辰野町小野と長野県塩尻市北小野の両小野地区が、「清少納言ゆかりの里」として喧伝されているという事実です。

本題に入る前に、この地区が中世に豊臣秀吉という権力者によって政治的に地区が分断された「村切り」というという悲惨な歴史があったということを、指摘しておきたいと思います。政治的に「南北」に分断されたのは、何も朝鮮半島やベトナムばかりではないということです（岩下哲典「豊臣秀吉の「村切り」と「たのめの里」」岩下哲典ほか編『信州から考える世界史』えにし書房、二〇二三年）。こうした地域の歴史を頭の隅において、以下をお読みいただきたいと思います。

まず北小野地区に建てられている看板には、「清少納言ゆかりの里　憑（たのめ）の里案内」という見出しがつけられています。

「枕草子／たのめの里」宣言

ここ憑（たのめ）の里は、はるか平安の時代に、清少納言『枕草子』第六十二段「里は」に詠まれた由緒ある里であります。

古くは「東山道」が小野を通っていたことから、遠く京の都にも、たのめの里は知られていたものと考えます。

そして、今から四百余年前の天正（一五九二）年一月二十三日、天下人秀吉の知行割りによって、結果二つの村に分けられてなお、たのめの里は一つとして、人々はいつの時代も一緒に、この故郷（ふるさと）の発展に力を尽くして参りました。

これからも変わることはありません。

ここに改めて、清少納言ゆかりの「たのめの里」であることを宣言し、新たな時代に向かって、更なる「たのめの里」の発展を目指します。

平成二十四年五月
両小野地区振興会

一読して、ここに記されていることを肯定的に受け止めるためには、次のような疑問に対して、どのように回答することができるのか？そのハードルを越えなければ、無前提に肯定はできないのではないでしょうか。

・「東山道」を通じてという都との交通・往来は理解できるものの、千年以上昔に京の都で東国の鄙の地が、どのような理由から注目されていたのか？その合理的な理由説明が必要でしょう。

・そもそも「たのめの里」とは、どんな里を意味しているのでしょうか？

・また当該「たのめの里」は、どちらも共通して「小野」という地名を指示しているのですが、この地域は、いったいいつから「小野」と呼ばれていたのでしょうか？

・右に関連して「小野」という地名は、固有名詞であると同時に普通名詞でもあります。「大野《おおの》」に対する「小野《をの》」という地形は、山間に開けている小さな平地・野原を意味しています。そういう土地は日本全国に普遍的に数多く存在しています。それらは普通名詞の「小野」と認識されていて、のち固有名詞化したものと思われます。

・山城の国、現在の京都府にある「小野」が付く地名だけでも、次のとおり（ただし、調査が行き届きません。だからまだ漏れがあるかもしれません）。

京都市北区小野ノ上町、小野ノ中町、小野ノ下町、小野岩戸、小野宮ノ上町、大宮西小野堀町、大宮東小野堀町。京都市山科区上高野小野町、小野蚊ヶ瀬、小野河原町、小野弓田町、小野高芝町、小野御所ノ内町、小野荘司町、小野御霊町、小野西浦、小野葛篭尻町、小野鐘付田町。福知山市小野脇。船井郡瑞穂町小野。

・さらに近江国、現在の滋賀県の「小野」が付く地名も、次のとおり。

滋賀郡志賀町小野、小野水明、小野湖青、小野朝日。栗東市小野。彦根市小野町。東浅井郡浅井町小野寺。蒲生郡日野町小野。

京都の近郊だけでも、これだけたくさんの、「小野」が存在しているわけです。これらの「小野」を押し退けて、遠方でしかも東国、京の都から見たら周縁の鄙《ひな》の地、両小野地区が格別に、「たのめの里」として、なぜ都で注目されたのか、この点をどう考えたらよいのでしょうか。

菅江真澄の遊覧記「伊那の中路」

菅江真澄（白井秀雄）は、天明三（一七八三）年に信濃国本洗馬をめざして旅をしており、五月廿四日小野邑《むら》（辰野町）を通過しています。この近世の書物に、「小野」が「たのめの里」と呼ばれている事実が出てきます。

廿四日　路遥々来《みちはるばるき》て小野邑《むら》に至《いた》る。最林寺《さいりんじ》の上人《しょうにん》は、昔逢見《むかしあひみ》たる人《ひと》なれば問《と》ふに、「三年《みとせ》なる前《さき》の年《とし》、遷化《せんぐゑ》し給《たまふ》ふ」と今《いま》の上人《しょうにん》の言《い》へれば、塚原《つかはら》に訪《とぶら》へば、此寺《このてら》の十二世《じゅうにせい》と書《か》いたる卒塔婆《そとば》も、朽《く》ちかゝりて立《たて》り。路暫《みちしば》し経《へ》て、厳《いかめ》しき物《もの》あり。昔詣《むかしまう》で奉《たてまつり》りし、「信濃《しなの》なる伊奈《いな》の郡《こほり》と思《おも》ふには誰《たれ》かたのめの里《さと》と言《い》ふらん」と詠《なが》めある、此里《このさと》におましませる、憑《たのむ》の神《かみ》の御瑞垣《おほんみづがき》なりけり。

誰もさぞたのむの神のみしめ縄かけてくちせぬちかひなるらん

年《とし》ごとの葉月《はづき》朔《ついたち》の日《ひ》は、たのも祭《まつり》とて神業《かんわざ》のありて、農業《なりはひ》を祈《いの》る御屋代《みやしろ》なれば、神《かみ》を「たのめ」とも「頼《たの》む」とも、里《さと》の名《な》も然言《しかい》へり。

（「伊寧能中路《いなのなかみち》」菅江真澄全集第一巻一九七一年、未来社。25頁　読者の便を考え、底本の仮名に　漢字を充てている）

〔路をはるばると歩いて来て、小野村に着いた。最林寺の上人は、昔会ったことのある人なので消息《しょうそく》を尋ねると、「三年前に遷化（仏教語で、高僧が亡くなること）しなさった」と現在の上人が言われるので、墳墓《ふんぼ》に供養《くよう》に参ると、この寺の「十二世」と書いてある卒塔婆も朽ちかかって立っていた。そこから少し行ったところに、荘厳な社がある。かつて参詣したことがあった、「信濃国にある、否《いな》でないが伊那《いな》の郡だと思うにつけても、誰を「頼《たの》め」（＝あてにする意）ではないが、「たのめの里」と言うんだろう」と歌に詠まれている、この里に鎮座まします、憑の神の御瑞垣なのであった。

誰もがさぞあてにしている頼むの神、その神様の神聖な注連縄《しめなわ》に掛けて朽《く》ちることの無い誓ひとなることでしょう。

毎年の八月一日の日は、「頼母祭《たのもまつり》」という神事があって、農事の稔りを祈るお社《やしろ》なので、神の名前を「たのめ」とも「頼む」と言い、里の名もそのように言っている。」

柳田國男は、「たのも祭《まつり》」に注をして、

他の多くの地方でも八朔を憑の節供、又は田の實の朔日とも謂つて居た。京都人の記録にも、此日憑と称して贈答の慣習があつたことを記してゐるが、南北朝の頃に東国の田舎から移ったもので、本来が農業習俗であつた。（27頁）

（柳田國男校訂『伊那の中路 わがこゝろ』眞澄遊覧記刊行会、一九二九年）

と記しています。

柳田の注記に従えば、「たのめの里」の存在は、それほど特異なものではなくなります。「たのめの里」は、神社の信仰として、その地区の氏子らによって八朔《はっさく》の農業予祝《のうぎょうよしゅく》の祭りが行われていた地域を普遍的に指示しているのでしょう。普通名詞的に「たのめの里」と呼ばれていたと思われます。またそういった地理的な場所は、日本各地に複数存在していたと思われます。「たのめの里」は固有名詞のそれとは限らないのだ、と思われます。

柳田は「本来が農業習俗」で、「他の多くの地方でも八朔を憑《たのめ》の節供、又は田の實の朔日とも謂つて居た」というのですから、してみると「たのめ」じたいはそれほど特異な行事ではなかったようで、「南北朝の頃に東国の田舎から移ったもの」だという考証をしています。その根拠も当該「伊那の中路」に引かれている和歌、「信濃《しなの》なる伊奈《（いな）》の郡《（こほり）》と思《おも》ふには誰《たれ》かたのめの里《さと》と言《い》ふらん」に拠っています。出典が、『夫木和歌抄』で、成立が鎌倉時代後期の私撰和歌集であること。対して『枕草子』は平安時代に成立した随筆文学です。「平安時代」から「鎌倉時代後期」という、かなりのタイムラグがありますから、問題なしとは言えません。

まず筆者の清少納言は、果たして当該和歌を認識していたのか、どうか？その点、まったく不明です。

また仮に知っていたとしても、『枕草子』「里は…」の段の「たのめの里」と、当該両小野地区の「たのめの里」との一致、同一性が問題になってきます。

これを、どう考えたものでしょうか。それを裏付け、証明することができるだけの一等資料・史料は、まったく存在していません。「村興し《むらおこ》」の宣伝と割り切って「言った者勝ち」というのも、どうかと思います。品性を疑われます。

だから、手段を講じて、この問題を考察してみなければならないでしょう。

まず問題となっている『枕草子』「里は…」の段の全文を引用し、どう理解すべきなのか？検討してみることにしましょう。

里は、逢坂《あふさか》の里《さと》。ながめの里《さと》。い《ゐ》ざめの里《さと》。人づまの里《さと》。たのめの里《さと》。夕日の里。

つまどりの里《さと》。人にとられたるにやあらん、我まうけたるにやあらむとをかし。伏見《ふしみ》の　里《さと》。朝顔《あさがほ》の里《さと》。

(上坂信男ほか講談社学術文庫（上）六二段273頁)

〔(貴族の子女が教養として覚えておかなければならない)「里」というのは、「逢坂の里」、「ながめの里」、「寝覚《いざ》めの里」、「人夫・妻の里《さと》」(「つま」は、「対《つい》」と同じことばで、相方を言うことば。「おっと」も「つま」も、どちらも「つま」)、「頼めの里」、「夕日の里」、「つま取りの里」、これは夫《つま》を、あるいは妻を、他人に寝取られたのだろうか、それとも他人に寝取られたのだろうか、それとも自分が寝取ったのか、いずれにしても興味深い。「伏見《ふしみ》の里《さと》」、「朝顔《あさがほ》の里《さと》」。

畏友津島知明(枕草子研究者)の教示によれば、現在の『枕草子』研究は、概《おおむ》ね二極二方向に分裂しているようです(メールによる問い合わせに対する回答)。

一方は、『枕草子』の成立時期に近い時代に成立した歌集によって、和歌に詠まれていることを根拠として、できるだけピンポイントに地理比定をしてゆく立場。金子元臣『枕草子評釈』(明治書院、一九二四年)を嚆矢《こうし》とします。萩谷朴『新潮日本古典集成 枕草子 上』(新潮社、一九七七年)。小稿で本文を引用した、上坂信男ほか全訳注『枕草子(上)』(講談社学術文庫、一九九九年）など。

上坂信男の注釈姿勢を見てゆくと、たとえば、「いざめの里《ゐさと》」をを「寝覚《いざ》めの里」と理解して、「東路のいさめの里は初雁の長夜をひとり明かすわが名か」（『古今和歌六帖』第二）などの用例から、「東路にあったと考えてよいか」としています。また、当該「たのめの里」も、「信濃。長野県上伊那郡。「玉の緒の思ひ絶えてもあるべきに頼め里に年をふるかな」（『肥後集』）、「信濃なるいなの郡を思ふにはたれかたのめの里といふらむ」（『夫木抄』巻三十二）。」

都の人の感覚からは物珍しく、エキゾチック exotic に感じるような地方の里を「歌枕」的に羅列して、京の都の外に在る珍しい里を、貴族の子女が教養として覚えておくという趣旨・理解なのでしょう。

もう一方は、もっぱら言語遊戯《ことばあそび》の面白さと連想的な文章構成に比重を置いた解釈で、必ずしも歴史地理的な実在の地名とは限らないと割り切った理解をする立場。川瀬一馬校注・現代語訳『枕草子（上）』（講談社、一九八七年）。島内裕子校訂・訳『枕草子 上』（ちくま学芸文庫、二〇一七年）。津島知明／中島和香子編『新編 枕草子』（オモイカネブックス、二〇二〇年）など。

川瀬一馬は、補注〔98〕において（215頁）、「「ながめの里」。「いさめの里」、「人づまの里」、「たのめの里」。これらはどこかに地名としてあるのであろうが、この名が面白いと興を引いたのである」。〔99〕（同頁）「朝風の里」、「夕日の里」もその名に引かれている。「遠ちの里」は、大和国十市「伏見の里」は大和にもあり、この両里は古歌に詠まれている。「長井の里」も同じで、これは諸方にある。

このように研究者・専門家の解釈のさじ加減で「作者の意図」が、右にも左にも触れてしまう次元の問題でした。だから、『枕草子』に記されているから、「清少納言」の「ゆかりの里」なんだと短絡するのは、あまりにも自己都合的で、牽強付会だとさえ言えます。このように『枕草子』を根拠とすることには、問題があります。

また、これが一番大切なことですが、どちらの説に拠るとしても『枕草子』の書き手は、「頼母祭《たのもまつり》」という神事によって「たのめ里」になったのだということを、まったく認知していません。つまり、清少納言は、なぜ「たのめ里」と呼ばれているのかその本質をまったく知らずに、「た・の・め・の・さと」ということばだけに惹かれてこれを執筆していたわけですから、清少納言の「ゆかりの里」などとは、到底言えません。

さて以上の考察から導き出されることは何か、それは以下のとおりです。

両小野地区の人々は、遅くとも『夫木抄』成立の鎌倉時代後期には、自分たちの住んでいる地域を、毎年八朔の行事「たのめの祭り」を催すことで、自分たちは「たのめの里」の住人なのだと認識し自覚していました。それは日本の他の「たのめの里」の人々よりもはるかに自意識としては強く、外の人々に自分たちの住処である「たのめの里」をアピールしていたという事実があるからです。それが和歌のモティーフともなっているのですから、これは揺らぎません。その誇る気持こそが、現在の住人にもずっと伝承されてきています。

またそのことは豊臣秀吉による「村切り」の悲しい歴史が、反映しているかもしれません。その歴史が、かえって分断された地域の人々の気持を一つにする力となって、結束するための合言葉として「たのめの里」はあったものではないかとも愚考します。

つまり清少納言の「お墨付き」に頼る必要は一切ないと私は思います。清少納言に保証してもらわなくても、あなた方はずっと「たのめの里」の住人なのでしたから、以前も、そしてこれからも……。

（東原）

Q23 紫式部自筆の『源氏物語』が現存しない合理的な理由は何でしょうか？

A　平安時代が、今から遥か遠い昔だから、という理由ではなさそうです。なぜならば、もっと古い『古今和歌集』などは「高野切《こうやぎれ》」、「きれ」という、断片・断簡の形で、一部ですが平安時代のものが現存しているからです。上質の麻紙で、表面に雲母砂子《きらすなご》を散らしたものを用いています。麻紙は通常は経典の書写に多く用いられるもので、和歌集の料紙として用いた例は少ないようです。しかし、この上質の麻紙に書かれていたことによって、今の世に残ったのです。

だから、まずいえることは、「ジャンル」的な問題です。『源氏物語』が成立した当時の価値観として、何が「文学」として認知されていたかということです。

まず第一には「漢詩」、東アジアの漢字文化圏において大陸から朝鮮半島を経由して我が国に入ってきた「漢詩」がまず文学として認知認識されておりました。それに次ぐものとしては我が国の「和歌」、大和歌《やまとうた》が「漢詩」に並び文学として認められるようになりました。それは勅撰集の第一に、歌人紀貫之らによって編纂された『古今和歌集』が勅撰であることの栄誉から、「漢詩」と対等に肩を並べられる存在となったわけです。「詩」と「和歌」どちらも、「韻文」の文学ジャンルです。

同じ紀貫之の著作に、『土左日記』があります。ありていに『土左日記』は、歌人紀貫之が残した唯一の「散文」作品です。全編に渡り62首もの歌が収められていますので、ジャンル意識が希薄で凡庸な研究者の中には、未だに韻文、和歌の作品だと思い込んでいる方もおりますが、まちがいなく初期の散文作品です。これも紀貫之自筆の伝本は存在していません。

それでは「韻文」の文学と「散文」の文学とでは、いったい何が異なるのでしょうか。世界的に見ても「詩」が「文学」であることは明らかで、「作家」よりも「詩人」の方が格が上の存在らしいです。ノーベル文学賞もなんとなく小説家の受賞が目立つので、小説家のための賞であるかのように錯覚してしまうくらいです。

詩が紀元前からある正統な文学ジャンルであるのに対して、小説は17世紀くらいまで出てきません。これは西欧のことばに問題があって、西欧のことばは「明晰《めいせき》」で「曖昧《あいまい》」ではないからです。動詞は「性」を明示しなければならない。主語が在り、誰が発話しているのかが明確でなければならない。論理的な文章を綴るのにはたしかに優れていますが、ミステリー小説や推理小説を書くのには、たいへん不利です。その点、散文を綴ることにおいて、日本語は断然有利です。ほとんど主語が無いし、性を現わす文化が存在しない。だから、男が語っているのか、女が語っているのか判らない。それが普通で、むしろ、主体をはっきり示さない文化が、言語にもはっきりと反映しているわけです。曖昧な表現を創り出さなければ「小説」が出てこなかった西欧に対して、もともと曖昧でしかないことばによって、「物語」というジャンルは『竹取物語』が9世紀に出てきます。曖昧で多義的で、発せられたメッセージの解釈は、相手任せ《あいてまか》なので、だから意味は受け手のところで「生成」します、拡大解釈にも縮小解釈にも…。

現在は小説も認められているように思われます。しかし、「小説」よりも「詩」の方が「ジャンル」として優位であることは、フォークシンガーだったはずのボブ・ディラン（Bob Dylan）が、ノーベル文学賞も受賞した時のことを想起すると、その理由が解る気がします。彼は、「アメリカ音楽の伝統を継承しつつ、新たな詩的表現を生み出した功績」を評価されたという理由から、歌手としては初めてノーベル文学賞が授与されたのです。「詩的表現」こそが「文学」なのであり、フォークソングも「詩」なのだという認識です。

こうした「詩」に対して、後発の「散文」は、なかなか文学とは認められなかったようです。そのことは、それを伝える「媒体《メディア》」にはっきりと現れています。

玉上琢彌は『源氏物語』の伝本という媒体のサイズに関して、次のように述べています。

これは縦が約七寸二分、横が一尺三寸のものでありまして、原寸であります。この形をほぼ二つに折りますと、正方形に近くなるわけで、この正方形の形がむかしの物語の本の大きさであったと私は考えるのです。つまり正方形の本、これを江戸時代では「枡形本（ますがたぼん）」と申しておりました。枡というのは一升枡、二升枡の枡で四角いものです。枡形の本、正方形の本というので「枡形本」という術語がございますが、平安時代では物語は「枡形本」であったろう。それも五寸、六寸、七寸というふうな小さなものであったろうと私は考えるのです。それが「源氏物語絵巻」に残っていると思うのですが、この形、この大きさは、お手軽な、いまでいうと、文庫本みたいなものです。仏典・漢籍・歌書は、もっと大きく、長方形であったり、巻物であったりします。物語の本は紙も悪いのを使っております。それで平安時代の物語の写本というのは残っていないのです。

玉上琢彌「『源氏物語』を中心に」（小島憲之・玉上琢彌・永積安明・野間光辰共著『古典文学の心』朝日新聞社、一九七三年）

最初に『古今和歌集』などは「高野切」として平安時代のものが現存することを述べました。良い料紙に墨書きなので、千年を経ても残り、現在にまで伝わっているというわけです。対して、物語の料紙は紙質の悪い再生紙で、経年劣化によりばらばらになって散佚してしまい、残念ながら、後世に残らないのです。

現在でもハードカバーの本はなかなか傷まないですから、長期に渡り書籍のかたちを保っています。対して、普及版の新書や文庫は、数十年で紙は変色し、固めた糊が経年劣化し、バリンと折れて、ぼろぼろになってしまいます。

さて物語に限らず、散文文学の伝本は「枡形本」です。紀貫之の自筆本『土左日記』を、伝存するものとしては最も早くに書写したものは、藤原定家が写したものです。国宝となっていますが、学術的な価値は、ほぼありません。それは、貫之の筆跡を忠実に書写せずに、自己の仮名遣いの見地から、ところどころ文章を直してしまっているからです。そんな残念な伝本がなぜ国宝なのかというと、それは定家の筆跡を伝えているという理由で、彼の権威からです。複製が出版されています。財団法人前田育徳会『国宝 土佐日記』勉誠出版、縦が15.9センチ、横が15.5センチのほぼ正方形の桝形本です。

『竹取物語』も（タイトルが「たけものがたり」となっていますが）、縦16.6センチ、横18.6センチの、桝形です。『高松宮蔵 竹取物語』新典社。

『源氏物語』の複製も、宮内庁書陵部蔵 青表紙本証本『源氏物語』は、縦17.5センチ×横17.5センチの完全な『桝形本』が出ています。

（東原）

Q24 物語研究において「話型の果たす役割」とは何でしょうか？（その1）

A　ⅰ話型の一義的な分類から多義的な〈読み〉へ

「話型」というのは話の型を指示していますが、対象とする物語を単にその型に当て嵌め、分類をすることとじたいに、格別の意味はありません。もし話型が意味を持つとしたら、それは、物語そのものを理解するために話型が活用されることにあります。

つまり今、あなたが現在読んでいる物語の文脈に、○○型とか××型とかを当て嵌め重ね合わせることによって読者の期待の地平が拓かれ、その先の物語の展開が予測されることです。しかもそれを心地よく裏切ってくれることにあります。つまり、読者の解釈、〈読み〉においてのほかはありません。

基礎的な知識として、口承文学研究における話型について述べておきましょう。日本の話型研究は、総括的には口承文芸（昔話）の研究に始まり、物語文学の研究もその成果から恩恵を受けていると考えてよいでしょう。

口承文芸における話型の研究は、まずその総体を分類すること、一義的体系的に秩序を与えることから始まりました。柳田國男の『日本昔話名彙』（日本放送協会、一九四八年）は、昔話の総体を〈完形昔話〉と〈派生昔話〉とに二大分類しています。昔話を神話（＝固有信仰）の堕落・残存と仮定する柳田の立場からすれば、それはもともと英雄の異常誕生・異常成長・厄難《やくなん》の克服・幸福な婚姻という一連の話型による物語ということになります。前者は英雄の一代記の変形、後者はその一部分が脱落して生成したものです。

これに対して、昔話をその社会的機能・構造から考えたのは関敬吾です。関の『日本昔話集成』（角川書店、一九五〇～五三年）とその補訂版に相当する『日本昔話大成』（角川書店、一九七八～八〇年）は、〈動物昔話〉〈本格昔話〉〈笑話〉〈形式譚〉に四大分類し、伝説・語り物との中間にある話を〈補遺〉に収めています。なお、関の分類については、「昔話分類の諸形式」（『日本昔話比較研究序説』日本放送協会、一九八〇年）を参照。

この関の大分類は、アールネ・トンプソン・タイプインデックス（AT索引）に準拠したもので、これにより国際的な比較研究の道が拓かれました。この関の分類を批判しながらも、同様のラインで新たに一義的に体系化を試みたのが稲田浩二など現代の昔話研究者です。

ところで、昔話の総体を閉じた系として一義的客観的に分類しうるとする自然科学的な発想は、実は近代の合理主義的な思考の産物だと思われます。

この自然科学的な発想というのは、「0-1」、つまり二つの相反し、矛盾する命題のうち、一方が「真」であれば他方は必ず「偽」でなければならず、同時に「真」であったり「偽」であったりすることはできないという、「第三項排除」の法則に基づく〈偽-真〉の論理＝アリストテレス的二値論理によっています。

ところが、文学は人間の主観の産物です。主観はその人の嗜好《しこう》や程度の問題ですから、自然科学的な二値論理で客観的に律することはできません。口承文芸の研究者たちには、そのことについての自覚が欠落していました。否、彼らだけではなく、今、この稿をお読みの読者の皆さんも、あるいはそうなのかもしれません。

さて近代的な価値観が揺らぐ中で彼らの研究の進展が、同時にまたその限界を露呈させたともいえます。それから、柳田の分類よりも関の分類の方が、さらに関よりも稲田の方が分類が細分化がなされています。これは一見、研究の進展を意味しているように見えますが、果たしてそうでしょうか？「0-1」の論理で分類がなされている以上、どれだけ細分化しても、大同小異で、前のものより優れた研究だとは言えないわけです。なぜならば、どれだけ細かくしても二値論理によっている以上結局、何も変わらないからです。分類する者（柳田・関・稲田）の価値観＝主観によって認知命名されたそれぞれの話型は当然ながら客観的な実体ではないし、また一義的な分類・体系化は、常に作業仮説にすぎないからです。

研究のこのようなウィークポイントに気づいた高木史人は昔話「桃太郎」の話型を例にして、柳田・関・稲田という三者の分類の一義性を批判し、読み手がどこに重点を置き、どこに焦点を合わせて読むかによって、三者の提示した分類の別な項目の話型（モティーフ）からも、多義多様に読みとることが可能であることを説いています（高木「近代文学研究と現代文教育」（『國學院雜誌』一九九一年一月））。

誕生と奇瑞・不思議な成長・兄弟の優劣・財寶發見・厄難克服・動物の援助・言葉の力・知慧の働き。（柳田國男『日本昔話名彙』）

一、婚姻・異類聟・二、婚姻・異類女房・三、婚姻・難題聟・四、誕生・五、運命と致富《ちふ》・六、呪宝譚・七、兄弟譚・八、隣の爺・九、大歳の客・十、継子譚・十一、異郷・十二、動物報恩・十三、逃竄《とうさん》譚・十四、愚かな動物・十五、人と狐・十六、新話型。（関敬吾『日本昔話大成』）

Ⅰ、人の世の起こり……・Ⅱ、超自然と人〈人の世・来訪神・授福・処罰〉・Ⅲ、異郷訪問〈竜宮・地下の国・山野の国・天上の国〉・Ⅳ、天恵・Ⅴ、呪宝・Ⅵ、誕生〈異常誕生・運命的誕生〉・Ⅶ、兄弟話〈兄弟の競争・兄弟の対立・兄弟の協力〉・Ⅷ、継子話・Ⅸ、婚姻〈異類婿・異類女房・婚姻の成就〉・Ⅹ、霊魂の働き〈生霊・死霊・生まれ変わり〉・Ⅺ、厄難克服〈賢さと愚かさ・逃走・悲運〉、Ⅻ、動物の援助・XⅢ、社会と家族・XⅣ、知恵の力。

（稲田浩二『日本昔話通観』）

高木の主張することを敷衍すると、以下のようになります。

昔話「桃太郎」の分類を三者の話型分類に試みると、まず柳田は「誕生と奇瑞」に、関も「四、誕生」に、稲田も「Ⅵ、誕生〈異常誕生・運命的誕生〉」の項目にそれぞれ分類されていました。当該昔話が桃からの誕生に特徴があるのだから当然だと言ってしまえばそれまでですが、実はそれ以外の別な項目からも分類が可能だというのです。

桃太郎の話では鬼退治の結果、鬼たちから彼らの持っていたお宝を桃太郎がすべて召し上げて、爺《じじ》と婆《ばば》の許に帰ってきます。だからこれは、柳田の「財寶發見」、関の「六、呪宝譚」、稲田の「Ⅴ、呪宝」にそれぞれ分類できるでしょう。また、鬼が島じたいは、関の「十一、異郷」、稲田の「Ⅲ、異郷訪問〈竜宮・地下の国・山野の国・天上の国〉」にそれぞれ相当しましょう。

　またその鬼退治のためには、犬と猿と雉《きじ》の助けがありました。柳田の「動物の援助」、関の「十四、愚かな動物」かあるいは「十二、動物報恩」、稲田の「Ⅻ、動物の援助」にそれぞれ相当します。「黍団子《きびだんご》」程度の僅《わず》かな報酬で鬼を退治するという「恩」に「報」い、生命にかかわるかもしれない過酷な戦いのお供になるのですから、たしかに彼らは「愚か」にちがいなく、苦笑してしまいます。

　さらにまた鬼退治という行為は、柳田の「厄難克服」、関の「三、婚姻・難題聟」、稲田の「Ⅺ、厄難克服〈賢さと愚かさ・逃走・悲運〉」にそれぞれ相当しましょう。あるいはまた、関の説く「五、運命と致富《ちふ》」でもあるでしょう。

　このように見てくると昔話「桃太郎」は、多様な話の要素である複数の話型から構成されていることが、よくわかります。多義多様であって、一義的=科学的には規定しえないのです。

　そうであるならば、各々《おのおの》の研究者の価値観という主観に基づいて、自己の分類のために都合よく切り取られ括られることで成立した口承文芸の話型は、研究者という名前の読者の経験的身体的記憶によって認知された統括概念にほかなりません。したがって一義的科学的客観的には規定しえないのです。したがって、話型は読者の主観的ないしは共同主観的な〈読み〉の問題なのであり、口承文芸研究の現在において話型は、一義的な分類から多義的な〈読み〉へと、その視座を移行しているといえるでしょう。

（東原）

Q25 物語研究において「話型の果たす役割」とは何でしょうか？（その2）

A

ii 話型で読む・話型の創造的な誤読的機能・話型の先取（カタドリ）的機能

物語文学における話型論的な研究といえるものについては折口信夫に先駆的な業績があり、折口の貴種流離譚から始まったとみるのが妥当でしょう。貴種流離譚とは、神にも比されるような高貴な素姓の人が罪を犯すこと（＝性的なスキャンダル）によって都を離れ、鄙《ひな》の辺境の地を流離漂泊せねばならない悲劇を主題的に語った譚《はなし》です。

その具体的範疇は、『古事記』『日本書紀』の木梨軽太子《きなしかるのみこ》と軽大郎女《かるのおおいらつめ》の話、『万葉集』の麻績王《おみのおう》・石上乙麻呂《いそのがみのおとまろ》・中臣宅守《なかとみのやかもり》の伝承和歌、『古今集』の小野篁《おののたかむら》・在原行平《ありはらゆきひら》の和歌、『竹取物語』のかぐや姫、『伊勢物語』昔男《むかしおとこ》の東下り、『源氏物語』光源氏の須磨・明石流離、『愛護若《あいごのわか》』などの説経《せっきょう》・浄瑠璃《じょうるり》にまで及ぶ。折口はこの術語によって、悲劇を好む古代日本人の心性《メンタリティ》を一括して説明しようとしたものと思われます。

ところで、折口の貴種流離譚に関する論の出発が大正七年に発表された「愛護若」（旧全集2・新全集2）からであったこと、また自身が「私のする貴種流離譚は、おもに口頭に物語られるものについて述べてゆかうとするのだが」（「小説戯曲における物語要素」旧全集

7・新全集4）と限定を加えているように、折口の興味の中心が語り物などの口承文芸にあることは、その論の発想を考えるうえで十分に考慮されなければならないでしょう。つまり、折口にあってはその要素として古伝承の担い手が重視されてくるのはむしろ当然であり、その方向から物語文学であるにもかかわらず『源氏物語』までが、あたかも口承文芸であるかのごとく担い手から実態的に説かれてしまうことになるのです（「日本の創意」旧全集8・新全集15）。

しかし、私たちの対象とするものは折口の興味とは相違があって、物語文学という作家の不透明な主体を通し書かれたことによって成立した記載の文学にあります。この点忘却してはならないでしょう。

矛盾しているようですが、実のところ折口自身は「書くこと」についてきわめて自覚的であり、たとえば「其人が書いてゐるうちに、其人の持つてゐるもの以上に、表現に伴うて出る力があつて、ぐんぐん出て来るのである」（「反省の文学源氏物語」旧全集8・新全集15）と説いているように、口承と記載との差異を、作家の身体性の問題として十分に認識していたと思われるのです。さらに重要なことは、読者の読み方次第で物語文学の文学性が損なわれてしまうこと、「読むこと」の大切さを論の随所で述べ注意を喚起していることです。今日のテクスト論的な視座（＝関係論→作品と読者の対話）の先蹤としても位置づけられるのではないでしょうか。

したがって折口の言説の魅力は、むしろ学としての一義的な体系にからめとられない、矛盾点にあるとさえいえそうです。時代のパラダイムの変更によって、常に多様に読み換えが可能なところに価値があるのです。


世人は新しい歴史を受けとるのに、旧来の馴れた見方からした。而も其を少しでも人に伝へようとする際には、必旧表現の類型によって示すのであった。其為にこそ、歴史が、神話や伝説を模倣した様な形を採ることが、あつたのである。新しい歴史の新しい形は、勿論目を以て見、耳もて聞きするのであるが、如何せむ、人々の理会は、事実に順応する程、自在でなかつた。之を感受するのも、之を話説するのも、皆依然たる旧解説を通して、享け入れ、伝へられるのであつた。歴史記録は、目前の事を明らかに正しく叙述するが、現在の生活者としての伝へ方は、旧手段による外はなかつた。

（「小説戯曲文学における物語要素」旧全集7・新全集4）

石上乙麻呂の伝承歌を貴種流離譚の話型から説明している箇所ですが、物語文学を対象とする私たちが折口の言説を理解するうえで注意しなければならないのは、担い手（作者）の側ではなくて、話型を享受（認知）する受け手（読者）の側です。折口は続けて、「当時の人々が事件直後、又は大赦後も、又乙麻呂死後も、尚事の真相などは問題とせず、（…）物語の上の古代人を思ふと同じ態度を以て、同時代人を見て居た事が察せられる」とし、さらに越前に配流された、中臣宅守の相聞歌に言及して、「此は、乙麻呂ほどの身分ではない。だが既に、当時あつた貴種流離譚の形において、事件を見ようとする態度に入れて見られたのであろう」と述べていることは注意すべきでしょう。必ずしも貴種とはいえない中臣宅守の事件を貴種流離の話型において認識するということは、受け手（読者）の側の誤認であり、先入観であり、偏見であり、さらには同一視なのです。事実（歴史）を歪め偏向して享受（認知）させてしまうのが、話型の力だとすれば、それはロラン・バルトや山口昌男の説く神話の作用とほかならないでしょう（ロラン・バルト／篠沢秀夫訳『神話作用』現代思潮社、一九六七年。山口昌男『歴史・祝祭・神話』岩波現代文庫、二〇一四年）。

近代という時代を通過して思考を形成してきた私たち現代人は、理性とその合理的世界観という認識の範型によって、自己の外的世界をすべて説明できると思いこんでいました。

しかし、その外的世界を認知・認識するのは、実は人間の心という内的世界の論理であり、どろどろした情念の渦巻く不透明な感情の世界の論理なのです。そこに、内・外世界のズレが生じます。S・フロイトの「快感原則」が示唆するように、人の行動や意志の決定を司るのは、遺憾ながら理性ではなく、快・不快という人間の感情（主観）なのです。その感情を左右するのが、ロラン・バルトや山口昌男の説く神話であり、折口信夫の貴種流離譚という古代日本人の心性に関わる話型なのです。

近代合理主義的な価値観、自然科学的な二値論理が文学のパラダイムでありえた時代には、一義的に絶対正しい〈読み〉の確立＝〈作者の意図〉が解明ができるのではないかという幻想が支配していました。ところが、近代という時代を通過するとともに環境問題などを始めとして近代のマイナス面がはっきり現れるようになった今日、そうした合理性だけを追求する価値観は完全に転倒してしまいました。文学においても、既成の意味が作者によって実体的に用意されていてそれを解明すれば済むというわけではないということが、徐々に明らかになってきました。それは作家が作品を形成するように、読者も自己の全人格を賭け作品を読む、作品との対話という関係性によってテクストを紡ぎ生成しているという事実の認識です。

だから文学における意味の生成は、自然科学のようにアリストテレス的な「0-1」の論理にはよらず、パラグラム「0-2」の双数・複数の論理によるのであり、一義的な絶対的正しさなどはどこにも存在しないのです。「作者の意図せない意図」（折口信夫「反省の文学源氏物語」旧全集8・新全集15）が、テクストには現象するのです。逆説的な弁を弄するならば、一義的な正しい〈読み〉＝正読が確立できない以上、あらゆる〈読み〉はすべて誤読だといわざるをえないのです。ただし、それは生産性のある創造的誤読《ミスプリジオン》であらねばならない。私は前に話型とは、誤認であり、先入観であり、偏見であり、同一視であると述べました。そのように話型とは、読者の認識を歪め偏向させる創造的誤読《ミスプリジオン》の範型なのです。したがって話型という視座に立つことで、どのくらい生産的に誤読ができるのかが勝負だといえるでしょう。

作品として作家の不透明な身体を通し書かれてしまったところから出発する物語文学は、口頭で伝えることに重点のあった口承文芸に比していかなる差異が生じたでのしょうか。

物語文学においては、たとえば**（その1）**で高木史人論文が昔話「桃太郎」の話型を指摘しているような具合には、個々の話型を確定的に規定することは難しいのです。それは、「書くこと」が作家の主体を分裂させ、意識はもとよりその意識下の潜在的能力まで発揮されることにより、書かれたものには、口承の話型が分裂、断片化し、交錯、複合化しているからです。

だから極論すれば作品とは、話型の断片が矛盾をきたしながら並存している場所だと言えます。「私」という読者が、その不完全な断片に想像力を働かせることにより、たとえば○○型だと誤読するとしましょう。そこには実は、○○型とは相反する××型の断片も存在しているかもしれません。しかし、「私」という読者に認知されない××型は、存在していないも同然です。ところが、「私」とは異なる価値観を持つ別な読者は××型だと誤読することで○○型は認知しない読み方をするかもしれません。あるいは○○でも××でもなく△△型だと誤読するかもしれない…etc。

それがすなわち、物語文学における話型なのです。繰り返しますが話型は創造的誤読《ミスプリジオン》によるもの、だから個人の〈読み〉の問題なのです。

次に**話型の先取り（カタドリ）的機能**と**誤読的機能**に関して、実例を示しましょう。

今は昔、「竹取の翁《おきな》」といふものありけり。野山にまじりて竹を取りつつ、よろづのことに使ひけり。名をば、「讃岐《さぬき》の造《みやつこ》」となむいひける。その竹の中に、本《もと》光る竹

なむ一筋ありける。あやしがりて、寄りて見るに、筒《つつ》の中光りたり。それを見れば、三寸ばかりなる人、いとうつくしうて居たり。翁言ふやう、「われ朝ごと夕ごとに見る竹の中におはするにて知りぬ、子（＝籠）になり給ふべき人なんめり」とて、手にうち入れて家へ持ちて来《き》ぬ。

（新潮日本古典集成『竹取物語』9頁）

〔今はもう昔のことであるが、「竹取の翁」という者がいたのである。野山に分け入って竹を取っては、いろいろな製品を造ることに使っていたのである。名を「讃岐の造」というのである。いつも取っている竹の中に、根元が光る竹が一本あったのである。不思議に思って、近寄って見たところ、竹筒の中が光っていた。それを見ると、三寸ばかりの背丈の人が、たいそうかわいらしい姿をして座っていた。翁がいうことには、「私が毎朝毎晩見る竹の中にいらっしゃったので知っていました。竹の籠《こ》ではなくて、私の子《こ》になりなさるに違いない人のようですよ」と言って、手のうちに入れて家に持ち帰った。〕

『竹取物語』は、全体がほぼ天人女房譚（⇕貴種流離譚）に枠どられているとはいえ（高橋亨「前期物語の話型」『物語と絵の遠近法』ぺりかん社、一九九一年）、その冒頭に注目すれば

「龍宮童子《りゅうぐうどうじ》」の昔話のような小さ子譚《ちいさごたん》に連動した致富長者譚《ちふちょうじゃたん》から、さらにそれに連動した長者没落譚《ちょうじゃぼつらくたん》が読みとれますし、五人の貴公子には難題求婚譚《なんだいきゅうこんたん》、かぐや姫が「変化のもの」であることによって異類婚姻譚《いるいこんいんたん》であるともいえましょう。

　ところで、いま私が冒頭に注目することで「龍宮童子」の話型と同一だと認知したのは、私が「龍宮童子」の話を知っていて、そう誤読したからにほかなりません。したがって、そうした知識のない読者はそのような〈読み〉をしないし、またできないのです。このしごく当然のことは、〈読み〉というものが読者の〈知的水準〉〈感性〉〈経験〉〈身体的記憶〉などに左右される、きわめて個人的なまさに主観的なものであることをよく示しています。話型は、客体としてではなく、読者の主観的な〈読み〉にしか現象しません。そう読むか、読まないか。

　ともあれ、そのように誤読することで、かぐや姫（異人）の帰郷（異郷への帰還）という物語の結末（破局）を、その始発においてほぼ予測することができるのです。それは三谷邦明の一連の竹取物語論も明らかにしているように、異人をこの世に留めるという翁の行為は禁忌の違犯を意味しているのであり、「竹取物語を〈読む〉ことは、常に深層においてかぐや姫の異郷への帰還の可能性を認識しながら、それが遅延され、裏切られる様相を把握して行く事であり、その遅延に一喜一憂することに他ならないので」す。話型の先取り（カタドリ）的機能とでも呼ぶべきものなのです。

さて、次に『源氏物語』「若紫」巻を例にして、話型の先取り（カタドリ）的機能と誤読的機能について見てみることにしよう。「若紫」巻は光源氏が少女若紫（のちの紫の上）を垣間見し、彼女を盗み出して養育しようとする話である。と同時に、庇護者である祖母尼君を亡くした彼女が、実父兵部卿宮の邸に引き取られることで予想される、継母北の方からの虐めから光源氏によって救出され、幸福になる話として、つまり、継子譚として読むことができるのである。

この話型から読んだ比較的夙い研究は今井源衛のものだと思われますが（「兵部卿宮のこと」『源氏物語の研究』未来社、一九六二年。改訂版一九八一年）、その後には神野藤昭夫が「可能性としての継子虐め」という物言いをしています（「継子物語の系譜」『講座源氏物語の世界』第二集・有斐閣、一九八〇年）。それは、おそらく口承の継子譚と比較した時、『源氏物語』「若紫」巻の場合は虐待のモティーフが欠落している点を考慮してのことと推察されるのですが、小稿のように話型を〈分類〉から〈読み〉へと視座を転じている立場からすれば、それでもかまわないのです。三谷邦明の指摘もあったように、巻のほぼ発端部分、北山の僧都による若紫の素性明かしの場面に既に継子譚の話型を読むことができます（「源氏物語における言説《ディスクール》の方法」『物語文学の言説』有精堂出版、一九九二年）。それは、弘徽殿女御と継子的関係にある光源氏が、若紫の継子的境遇に同情をしているという〈読み〉をした場合においてです。

僧都「故按察使大納言《こあぜちのだいなごん》は、世に亡《な》くて久しくなりはべりぬれば、えしろしめさじかし。その北の方なむ、なにがしが姉妹《いもうと》にはべる。かの按察隠れて後《のち》、世を背きてはべるが、このごろわづらふことはべるにより、かく京にもまかでねば、頼もし所に籠《こも》りてものしはべるなり」と聞こえたまふ。

源氏「かの大納言の『御《み》むすめものしたまふ』と聞きたまへしは。すきずきしき方にはあらで、まめやかに聞こゆるなり」と推《お》しあてにのたまへば、「むすめただ一人《ひとり》はべりし。亡《う》せてこの十余年にやなりはべりぬらん。故大納言、『内裏《うち》に奉らむ』などかしこういつきはべりしを、その本意《ほい》のごとくものしはべらで過ぎはべりにしかば、ただこの尼君ひとりもてあつかひはべりしほどに、いかなる人のしわざにか、兵部《ひやうぶ》卿宮《きやうのみや》なむ忍びて語らひつきたまへりしを、もとの北の方やむごとなくなどして、安

からぬこと多くて、明け暮れものを思ひてなん亡《な》くなりはべりにし。〈もの思ひに病《やまひ》づくもの〉と目に近く見たまへし」など申したまふ。

〈さらば、その子なりけり〉、と思しあはせつ。〈親王《みこ》の御筋にて、かの人にも通ひきこえたるにや〉と、いとどあはれに見まほし。〈人のほどもあてにをかしう、なかなかのさかしら心なく、うち語らひて心のままに教へ生《お》ほし立てて見ばや〉と思す。

源氏「いとあはれにものしたまふことかな。それはとどめたまふ形見《かたみ》もなきか。」と、幼かりつる行《ゆ》く方《へ》の、なほたしかに知らまほしくて、問ひたまへば、僧都「亡くなりはべりしほどにこそはべりしか。それも女にてぞ。それにつけてもの思ひのもよほしになむ、齢《よはひ》の末《すゑ》に思ひたまへ嘆きはべるめる」と聞こえたまふ。〈さればよ〉、と思さる。（小学館新編日本古典文学全集 ①212〜214頁）

〔「彼の大納言には『ご息女がいらっしゃる』とお聞きしましたが…。好きごころからではありませんで、誠実な気持から申し上げるのです」と当て推量でおっしゃると、「娘が一人ございました。亡くなってここ十余年になるでしょうか。故大納言は、『帝に差し上げよう』などとたいそう大事にお育てなさっていたのを、その本懐も遂げることなく亡くなってしまったので、ただこの母の尼君が一人でお世話しなさっていたうちに、どんな人の仕業なのか、兵部卿の宮がお忍びでかよってこられるようになられて、元からの北の方は気位が高い方であって、心やすからぬ事が多く起こって、明け暮れにもの思いをされて亡くなりました。〈心労から病気になるものだ〉と、間近《まぢか》かに経験いたしました…」など申しなさる。

〈それでは、その娘の子だったんだなぁ〉とお思い当たった。〈兵部卿の宮のお血筋で、あのお方にも似通《にかよ》い申し上げているのか〉と、ひどく心打たれ面倒を見たいという気持になる。〈人柄も気品があって美しい、なまじの小賢しさもなくて、親しくなって思うままに教え育ててみたい〉とお思いになる。

「ほんとにおいたわしくていらっしゃることですね。その方はこの世に残しなさった形見の子もないのですか」と、あの幼かった人の行く先が、もっとしっかりと知りたくて、問いなさると、「亡くなりました頃に生まれました。それも女の子で。それにつけても心配の種であって、尼君が余命を数える年になって、嘆いておる次第で…」と申しあげる。君も〈やはりそうか〉とお思いになる。」


「若紫」巻の人物設定は、阿部好臣も指摘しているように（「明石物語の位置―桐壺一族との関りにおいて」『物語文学組成論Ⅰ―源氏物語』笠間書院、二〇一一年）、「桐壺」巻の人物との重ね合わせとズレによってなされているのです。「若紫」巻＝「桐壺」巻という相互に反復される〈読み〉の〈時間の循環〉（三谷邦明「古代叙事文芸の時間と表現」『物語文学の方法Ⅰ』有精堂出版、一九八九年）の中で読者は、次のような人物の対応を読むことになるのです。

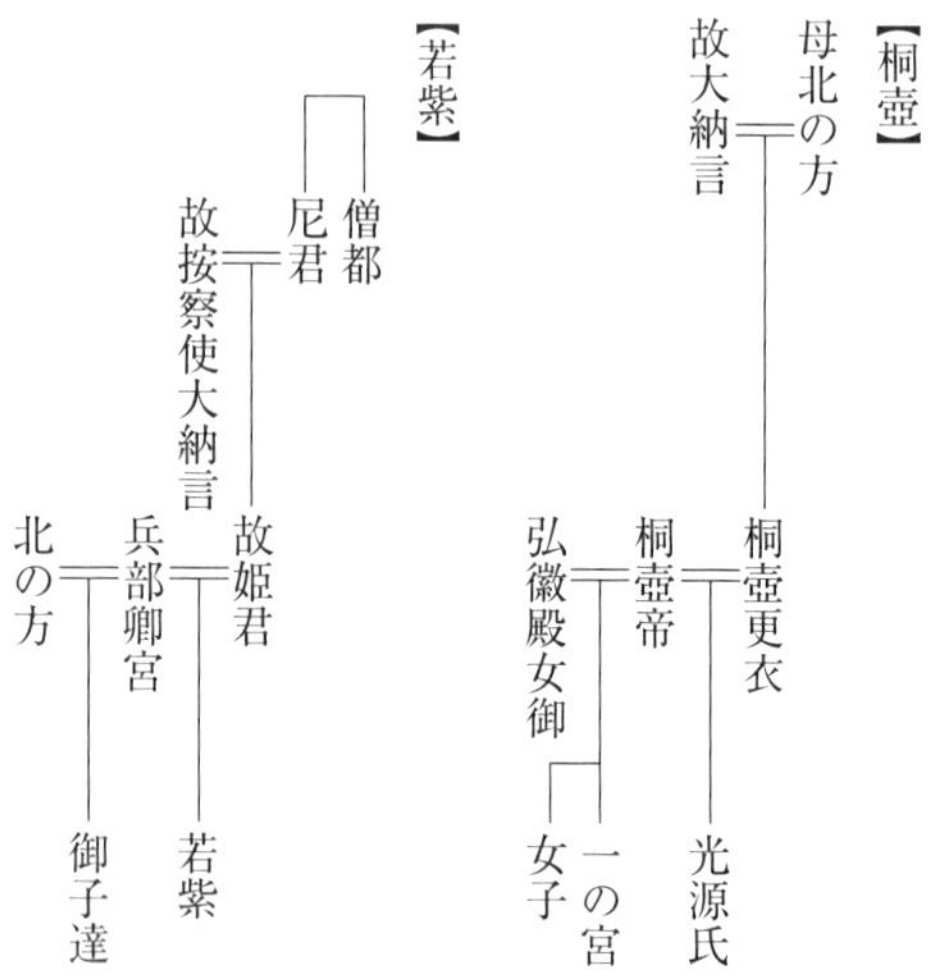

「桐壺」巻		「若紫」巻
故大納言	／	故按察使大納言
母北の方	／	尼君
桐壺更衣	／	故姫君
桐壺帝	／	兵部卿宮
弘徽殿女御	／	北の方
光源氏	／	若紫

その際、「**もとの北の方やむごとなくなどして、安からぬこと多くて、明け暮れものを思ひてなん亡くなりはべりにし。〈もの思ひに病づくもの〉と目に近く見たまへし**」という故姫君の死の様子を語る北山の僧都のことばに、光源氏の亡き母桐壺更衣の死の理由・真相というものが逆照射的に意味づけられるのです。それを聞いた光源氏は、「**いとあはれにものしたまふかな**」と述べ、また、若紫の養育者である尼君に向かっては、「**あはれにうけたまはる御ありさまを、かの過ぎたまひにけむ御かはりに思しないてむや。言ふかひなきほどの齢にて、睦ましかるべき人にも立ちおくれはべりにければ、あやしう浮きたるやうにて年月をこそ重ねはべれ。同じさまにものしたまふなるを、『たぐひになさせたまへ』といと聞こえまほしきを、かかるをりはべりがたくてなむ、思されんところをも憚らず、うち出ではべりぬる**」（217〜218頁）と言っています。

三谷邦明は、「つまり、境遇の一致という点も加わり、光源氏は少女の紫上を養育したい欲望に駆られるのであって、紫上は単に藤壺の形代／ゆかりという範囲に留まってはいないのである」という。光源氏の心の中の真実の叫び＝内話文（独白）としての表出ならばともかく、常識的に理解すれば聞き手を前にしての体裁を繕った会話文（対話）であるのだからそのような〈読み〉を支持することはできない筈なのですが、常識的であることと優れた物語の読み取りとが常に一致するとはかぎらないのです。

ゆえに継子譚の話型から誤読する読者は、この時点において既に巻終盤の若紫掠奪というストーリーの展開を予測し、先取り（カタドリ）することができるのです（三谷邦明「源氏物語における言説《ディスクール》の方法」『物語文学の言説』有精堂出版、一九九二年）。「掠奪は紫上を継子の境涯から救済したいという気持の表現」（三谷）かどうかはともかく、そのように継子譚の話型から誤読することで、光源氏の「掠奪」という行為は、「救済」として意味の転換がなされ正当化されるという利点があります。これは、話型の誤読的機能というべきものです。

以上のように、話型を〈読み〉の視座として導入することで、物語文学はさまざまな意味を読者の側で豊かに生産することが可能になるのであり、物語文学における話型は、創造的誤読《ミスプリジオン》の範型であるといえるのです。

（東原）

Q26 物語研究において「話型の果たす役割」とは何でしょうか？（その3）

A　iii『源氏物語』の話型＝「貴種流離譚《きしゆりゆうりたん》」・テクストとしての話型からの読み

土方洋一の「源氏物語の言語の構造―テクスト論の視座から―」（『源氏物語のテクスト生成論』笠間書院、二〇〇〇年）という構造分析の論文を、俎上《そじよう》に載《の》せ、当該論文を脱構築《だつこうちく》することで、テクストとしての話型から『源氏物語』をどのように読みうるかを、考えてみたいと思います。

しかし、その前に少し説明が必要です。当該土方論文は副題に「テクスト論の視座から」と自身の論が「テクスト論」であると表明していますが、土方の論文は明らかに「構造分析」の論稿で、遺憾ながら「テクスト分析」ではありません。この論文が執筆された一九八〇年代は源氏物語研究も思想的に過渡期で、構造分析とテクスト分析の方法とが交錯し混同されており、現在から見れば、区別ができていないといえます。

後に土方が論集として当該論文も所収し『源氏物語のテクスト生成論』という本を笠間書院から刊行したのは二〇〇〇年の六月で、構成する論文の初出からは二十年のタイムラグがありました。私は刊行当時依頼によって、次のような書評を寄せています。

著者の方法は、言語をモデルとした普遍的な構造抽出を目指すものであって二項対立を旨とする記号論（＝構造主義）である。一義的なコードを設定することで分析がなされている。（省略）系を閉じることでコードを設定し、一対一対応の記号として解読を進めるのが著者の方法論である。言語モデルに依拠しているため整然としており、硬質でスタテックな印象をまぬがれない。J・クリステヴァが構造主義以降の記号破壊論として提示したテクスト観、相互テクスト性の織物（インターテクスチュアリティ）という立場からすれば、著者の方法論は当然批判されねばならない筈なのであるが…。

（「土方洋一著『源氏物語のテクスト生成論』――「二項対立に拠る正反対の可能性」という発想――」『日本文学』二〇〇〇年、一一月）

土方論文の骨子は、折口信夫の「貴種流離譚」を光源氏の「須磨」・「明石」巻の流離の範囲に留めるだけでなく、『源氏物語』の第二部にまで視野を広げ、話型の威力を当て嵌めた読みをしていることにあります。これはとても穿った〈読み〉で、私の能力では、とてもそこまで追従しかねるのですが、あるいは卓見だとして評価する人もいるかもしれません、読みの可能性という点において。

いずれにせよ、土方洋一という独自の感性を持つ読み手によって、初めて読み拓かれ現象した物語世界だったといえるからです。だから、その優れた見通し＝〈読み〉を「構造」などという風に客体化すべきではなかったのです。

ところで折口の説く「貴種流離譚」とは（折口信夫「小説戯曲に於ける物語要素」『日本文学の発生 序説』角川ソフィア文庫、二〇一七年改版）、神にも等しい高貴な素性の人が性的な犯し（スキャンダル）を理由として、異郷に流離《さすら》う「あはれ」な譚《はなし》です（西村亨編『折口信夫事典 増補版』大修館書店、一九九八年など参照）。

『源氏物語』もたしかにその型に沿って語るように書かれている物語だといえます。土方は、次のように述べています。

…貴種流離譚の話型を採用していることがただちに主人公の栄華幸福に終わる結末を保証する訳ではない。『万葉集』の巻一の23・24番歌に見える麻績王《をみのおほきみ》の伝承や『伊勢物語』の東下りなどは明らかに流離譚のモチーフに則っているが、流離の悲哀を語ること自体を主題としていて流離の結末は問題にされていないし、『丹後国風土記』

逸文の奈具社の伝承から説経の『愛護の若』に至る、主人公の幸福を結末としていない悲劇的性格の強い流離譚の系譜も存在する。これらの伝承では主人公が死後神として祀られるという縁起譚的な構成をとることはあっても、起源譚や縁起それ自体に流離の物語が従属している訳ではなく、主人公の悲哀が半ば自己目的的に語られている。（…）貴種流離譚という話型に則っていることとそれ自体が、物語の展開を一義的に規定するとは考えにくいのである。

一義的に理解すべきではないとして、土方洋一が説く大事な点は、話型として貴種流離譚が内包していると思われる、いわば相反する二大構成要素を指摘していることです。

一つめは流離という試練を克服することを条件に、主人公が栄華を極める物語という理解。光源氏は「澪標《みおつくし》」巻で都の政界に復帰し、その後は右肩上がりに出世します。第一部の物語の最終巻「藤裏葉《ふじのうらは》」巻で准太上天皇という称号を授与されるまでの「大団円」（ハッピーエンド）の結末です。これを「試練克服型」（＋）のモティーフと仮称しておきましょう。

対して、二つめは流離の果てに主人公が死んでしまう悲劇的な結末です。菅原道真の太宰府への左遷と非業の死という歴史的事実（史実）は、当該事件の受け手からは、たしかに貴種流離譚の二つめの方のパターンを踏襲していると理解されるでしょう。「昌泰の変」と呼ばれる政変は、道真が藤原時平の讒言《ざんげん》によって太宰府に員外《いんがい》の帥《そち》として左遷されてしまい、その子や源善らの一派も左遷・流罪にされた大事件です。道真は現地で亡くなり、その魂は怨霊となって数々の祟りを現します。清涼殿落雷事件などを契機に道真は神として祀られ、天満天神、天神さまとして信仰の対象となっていきます。だからこれはいわば、「横死祟り型」（二）のモティーフとでもいうべきでしょう。

光源氏の須磨流離は、敵対する右大臣の娘、朧月夜尚侍《おぼろづきよのないしのかみ》との密通（深層においては藤壺宮との）を契機としています。この問題を歴史的な文脈から理解した場合は、光源氏が罪を赦され都に召還され元通りに政界に復帰できるなどという可能性はほとんど考えられません（阿部秋生『源氏物語研究序説』東京大学出版会、一九五九年など）。

土方洋一も、

口承の語りでは、訪れた神を拒否した家が零落し饗応した家が繁栄するという大歳の神型の説話とか、善良な爺が富をつかみその真似をした欲ばりの爺が失敗するという隣の爺型の説話にその例が見られる。『源氏物語』では、実際に書かれた物語においては光源氏の政界復帰と未曾有の栄華への到達とが語られるが、当時の現実に照らした時そうした展開が殆どありえないものであることを考慮すれば、須磨退去後の物語の背後にはこれと対照的な光源氏の不遇裡の死の物語が、いわば負の物語・陰画の物語として構造化されていることを想定する必要があるのではないか。光源氏が不遇のままに末路を迎えるという方が歴史的社会的な現実においては自然な展開である（…）。

と述べています。相反する展開の、想定しうる二つの可能性の提示です。

暴風雨の場面では、この試練を乗り越えた光源氏が政界に復帰して政敵を圧倒して栄華を極めるという展開の可能性と同時に、これと対極的な意味性を担った方向として、光源氏が帰郷を果たせず流離の地で不遇の裡に没するというもう一つの展開の可能性を想定することができる。即ち須磨の暴風雨の条では、光源氏が栄華に至るか悲劇的な死に至るかという、既成の物語に見られる二つの対照的な型のうちのどちらかを選

> 択するかという岐路に直面していると考えられる。

現行の『源氏物語』は、前者の「試練克服型」（＋）のモティーフとして理解されています。後者の「横死祟り型」（二）のモティーフは、当該土方の論では第二部世界の柏木の死の物語が「菅公の祟り」によるものであることに着目し、祟りとの関係性（関連性）から理解して第一部の世界と連続的に読もうとするアナロジカルなものです。

> 第一部に潜在している光源氏の流離↓死↓御霊化という陰画の物語には菅公謫死のイメージが色濃く投影していたが、一方第二部における柏木の造型は菅公の祟りによって早世した時平の子息のイメージを基盤にしている。（…）柏木の死が菅公怨霊伝説を下敷きにすることによって読み手を須磨巻の時点に回帰させ、そこに潜在する可能性を強く示唆することで秘められている主人公の非業の死と鎮魂の物語の姿を鮮明に浮かび上がらせる構造になっているとも言えるだろう。

ここで私は土方に、ちょっと待ったと言いたいのです。せっかく話型を論じるのならば、むしろ自身の周到な分析から導き出された二つの可能性を、「岐路」として二者択一な思考をするのではなくて、「須磨」「明石」「澪標」という、光源氏の流謫と都への帰還の一連の物語に適用して読むべきではないでしょうかと。

土方は先に、「第一部に潜在している光源氏の流離→死→御霊化という陰画の物語」と述べています。「第一部に潜在している」のならば、「読み」によって、それは顕在化するのではないでしょうか。

論を進める前に、私がここまで土方の構造分析的論稿を脱構築した成果を、一応整理しておきたいと思います。

貴種流離譚を論ずるにあたり土方は、「既成の物語に見られる二つの対照的な可能性を想定することができる」と言い、また「光源氏が栄華に至るか死に至るか」とする命題に対して、「二つの対照的な型のうちのどちらかを選択するかという岐路に直面している」と述べていました。「選択」・「岐路」という、二項対立・二者択一的な思考をとるのが土方論文の特徴です。いかにも構造分析特有のデジタルな思考ですが、脱構築するには、アナログに思考の変換をする必要があります。二者を択一させるのではなくて、「並立」させるのです。つまり、「対《つい》」と考えるべきです。それは『源氏物語』の文章・言説に共通することです。巻名や登場人物の造型が、「対」で発想されている事実と、書き手が漢詩文に堪能であったことを結び付けてみた時、氷解するでしょう。「対《つい》」の発想です。『源氏物語』の言説も、同じ散文文学『土左日記』以来の特徴を踏襲する、「対」という「漢詩文発想の和文」なのです（東原「漢詩文発想の和文『土左日記』―初期散文文学における言説生成の方法―」『土左日記虚構論』武蔵野書院、二〇一五年）。そして『源氏物語』の研究においても、高橋亨の「可能態の物語の構造―六条院物語の反世界」（『源氏物語の対位法』東京大学出版会、一九八二年）という論文の、「可能態」というタームは「対」の発想です。

貴種流離譚が内包している二つのモティーフ

陽画《ポジ》「試練克服型」（＋）「政界に復帰して政敵を圧倒して栄華を極める」（現象テクスト）

↓　明示的に実行された展開

陰画《ネガ》「横死祟り型」（－）「帰郷を果たせず流離の地で不遇の裡に没する」（生成テクスト）

↓　潜在的に想定される展開

私見では、現行の光源氏流謫の物語にも土方の指摘する「光源氏の流離→死→御霊化という陰画の物語」を、第二部を待たずとも、第一部の時点で、読み取ることができるのではないかということです。「選択」ではなく、「対」として二項を「並立」させる読み方、「試練克服型」（+）のモティーフに併せ、「横死祟り型」（-）のモティーフも「対」として同時に読み込むこと。現行の本文は、既に現象してしまったテクスト（現象テクスト）であり、対して想定される展開は、いわば未達成の現象前の本文で、読者がそう読むことで生成しうるテクスト（生成テクスト）です。

それを、以下本文から確認することにいたしましょう。

その年、朝廷《おほやけ》に物のさとしきりて、もの騒がしきこと多かり。三月十三日、雷《かみ》鳴りひらめき雨風騒がしき夜、帝《みかど》の御夢に、院の帝、御前《まへ》の御階《みはし》の下《もと》に立たせたまひて、御気色いとあしうて睨《にら》みきこえさせたまふを、かしこまりておはします。聞こえさせたまふことども多かり。源氏の御事なりけんかし。〈いと恐ろしういとほし〉と思して、后《きさき》に聞こえさせたまひければ、大后「雨など降り、空乱れたる夜は、思ひなしなることはさぞはべる。軽々《かろがろ》しきやうに、思し驚くまじきこと」と聞こえたまふ。睨《にら》みたまひしに〈見合わせたまふ〉と見しけにや、御目にわづらひたまひてたへがたう悩みたまふ。御つつしみ、内裏《うち》にも宮にも限りなくさせたまふ。

（明石②251～252頁）

〔その年、朝廷では超自然的なものの啓示が数々あって、不穏なことが多かった。三月十三日、雷鳴と電光がとどろき雨風の騒がしい夜に、朱雀の帝のお夢に、亡き桐壺院が、御座所《おましどころ》の前にお立ちになられて、ご機嫌がとても悪くて睨みもうしあげなさるので、帝は恐縮していらっしゃる。亡き院からは、お叱り申し上げなさる事柄が多かった。それは光源氏の御事であったのだろうよ。〈たいそう恐ろしい（また未だ往生ならず、中有にさまよう院の事を）お気の毒だ〉と思われて、母の弘徽殿のお后に相談申し上げなさると、「今夜のように雨などが降り、空が荒れている夜は、いつもお気になさっておられることが夢などに現れることです。帝たるもの軽率に、動揺なさってはなりません」と諫め申し上げなさる。

院が睨みなされた事を想起され、〈ご自分の目と院目と見合せなさった〉と夢で見たせいであろうか、帝は御目を患《わずら》いなさり耐え難く病《やまい》に苦しみなさる。御物忌を、宮中にも手を尽くせるだけ十分におさせになる。〕

これは明らかに、菅公怨霊伝説の明示的な引用です。小学館新編日本古典文学全集②522頁「漢籍・史書・仏典引用一覧」には、次のように記されています。

……『北野天神縁起』中巻の、菅公が清涼殿に現れて帝に冤罪を訴えた条に、

又菅丞相清涼殿に化現して、竜顔にまみえ奉りて、あやまたざるよしをのべ申給ひける時、御門おそれこしらへ申給ふ事ども有けり。

とあり、また鎌倉時代成立の『北野宮寺縁起』にも、延長元年（九二三）十月に、菅公が清涼殿に化現して醍醐帝に謁したといっている。この条も菅公伝説によったこと明らかである。

この後、朱雀の帝の外祖父の太政大臣の死が叙述され、帝にとって次々と不穏な出来事が起こってくる上に、母大宮が病気になり、自分も夢で桐壺院の霊に睨まれて以来の眼病に苦しんでいます。そして、

帝 **「なほこの源氏の君、まこと犯《おか》しなきにてかく沈むならば、〈かならずこの報いありなむ〉となむおぼえはべる。いまはなほもとの位をも賜ひてむ」とたびたび思しのたまふを、**

大后「世のもどき軽々《かろがろ》しきやうなるべし。罪に怖《お》ぢて都を去りし人を、三年《さんねん》をだに過ぐさず赦《ゆる》されむことは、世の人もいかが言ひ伝へはべらん」など后《きさき》かたく諫《いさ》めたまふに、思し憚《はばか》るほどに月日重《かさ》なりて、御なやみどもさまざまに重《おも》りまさらせたまふ。

（「明石」252～253頁）

〈やはりこの源氏の君が、まことに冤罪でこのように辺境で沈淪しているとなると、〈私には必ずその報いがあるにちがいない〉と思われます。今となってはやはり元の位を与えましょう」と事あるごとにお考えを仰せになるが、「そんなことをしては、世間から軽率の誹《そし》りを受けましょう。罪を恐れ都を去った人を、三年待たず赦したとなると、世間の人はどんな尾鰭《おひれ》を付けて噂を広めることでしょうか」などと大后はきびしくお諫めなさるので仕方なく、その実行をご遠慮あそばす間に月日も経過して、お二人のご病気は益々重くなるばかりである。〉

彼は光源氏から「報い」を受ける事を、度々想起していました。要するに朱雀の帝は、自責の念に苦しんでいたことになります。夢で桐壺院の霊に睨まれたことを、前掲の注釈は『北野天神縁起』を引いて、菅公怨霊伝説から説いていました。その延長線上の思考として、無実の罪で亡くなった菅公の荒ぶる魂を鎮める鎮魂的な行為のイメージ、そこからの連想として、まだ死んでもいない、光源氏の復位を考える、位を元に戻してやることで、その「報い」を受けることを避けられるのでは…という、発想になるのではないでしょうか。

この「まことに犯しなきにてかく沈む」という朱雀の帝のことばには、その「まことに犯しなきにてかく沈む」人の、不幸な決末=死が、彼には見えているからこそであり、それは続く「〈かならずこの報いありなむ〉」という内話文となり、それを自身の思考の根拠として、「となむおぼえはべる」と、母大后に向けての意見の具申になるのではないでしょうか（上・下の関係が逆転していることを明確にするため、あえて「具申」ということばを使います）。真実犯しが無くて、流謫の地で死に、「報い」を顕《あらわ》した人の先蹤は、菅公です。この時点で光源氏に無辜で死んだ菅公のイメージが重なっていたからこそ、発せられたことばだと読みたいところです。

先に土方洋一は「光源氏の流離→死→御霊化という陰画の物語」として、貴種流離譚の「横死祟り型」（二）のモティーフを指摘していました。

しかし、この想定されうる物語の展開は、光源氏の側においてではなくて、あくまでも「陰画の物語」として、朱雀院の側で、自身が度々想起していたとしたら、必ず受ける「報い」の中身こそが、その「横死祟り型」(二)のモティーフなのではないでしょうか。

今はまだ光源氏は「流離」の段階ですが、次には「流離→死」の段階へと朱雀の帝の脳裏で不吉なイメージが湧き、その妄想は増殖されてゆきます。次の段階において「死→御霊化」、「光源氏の不遇裡の死」が、彼には予見されてくるのではないでしょうか。それはたしかに本文というかたちに、はっきりと書かれたかたちでは現象しません。だから、あくまでもプレテクストの、読みという、引用によって生成する次元の問題です。しかし、それが朱雀の帝の思考を呪縛することで、光源氏を召還する契機となったと読めば、まず夢に桐壺院の霊が顕現したところに菅公の怨霊伝説が引用されてくるのは、まさに貴種流離譚という話型の「対」のモティーフの力、吸引力なのではないでしょうか。

決死の具申をしたにもかかわらず、母大后の「諫め」に屈してしまいました。この諫の中身は、「三年」の意味です。小学館新編日本古典文学全集②523頁「漢籍・史書・仏典引用一覧」には、次のように記されています。

『令義解《りょうのぎげ》』巻十、「獄令」に「凡《およ》ソ流移ノ人ハ、配所ニ居タリテ六載以後ハ仕フルコトヲ聴《ゆる》セ。即《も》シ本犯流スベカラザラムヲ特ニ配流《はいる》セムハ、三載以後ハ仕フルコトヲ聴セ」とある。

『律令』という「法」の規定を根拠にしたものでした。

母大后に、「法」を犯すなと「諫め」られた帝は、それ以上、強引には決断ができないまま、しかし、月日の経過とともに、自身の目の病も進行してゆきます。無辜《むこ》の光源氏が異郷で苦しい思いをしていることを、帝は日々慮《おもんぱか》ったことでしょう。

そして、いよいよ召還の「宣旨《せんじ》」が下されます。

年かはりぬ。内裏《うち》に御薬《くすり》のことありて、世の中さまざまにののしる。当帝《たうだい》の御子《みこ》は、右大臣のむすめ、承香殿女御の御腹に承香殿女御の御腹にたまへる、二つになりたまへば、いといはけなし。春宮《とうぐう》にこそは譲りきこえたまはめ、朝廷《おほやけ》の御後見《うしろみ》をし、世をまつりごつべき人を思しめぐらすに、この源氏のかく沈みたまふこといとあたらしうあるまじきことなれば、つひに后の御諫《いさ》めをも背きて、赦《ゆる》されたまふべき定め出で来ぬ。去年《こぞ》より、后も御物の怪《もののけ》なやみたまひ、さまざまの物のさとししきり騒がしきを、いみじき御つつしみどもをしたまふしるしにや、よろしうおはしましける御目の

なやみさへこのごろ重《おも》くならせたまひて、もの心細く思されければ、七月二十余日《にじふよにち》のほどに、また重《かさ》ねて京へ帰りたまふべき宣旨《せんじ》くだる。

（同「明石」②261～262頁）

〔年があらたまった。帝のご不例のことで、世間ではいろいろと取り沙汰している。今上の帝の皇子は、右大臣の娘の承香殿女御の御腹に男の御子がお生まれになっていて、二歳になったばかりで、とても幼い。だから当然御位を春宮にお譲り申し上げるなさるだろう、しかるに、朝廷の御後見役となって、世の政《まつりごと》を執り仕切ることができそうな人物を、帝はご思案あそばすと、この光源氏がこうして沈んでいられることは、もったいなく不都合なことなので、とうとう母大后のお諫めをも背いて、ご赦免なされる由の評定がなされた。去年からは、母大后も物《もの》の怪《け》の病《やまい》に苦しまれ、朝廷には様々の物のさとしが頻繁にあり世間も不穏で、さらに厳重な物忌《ものいみ》をした効果からか、快方に向かっていた帝のお目の病《やまい》さえも、ぶり返しこの頃重くなってしまわれて、心細く気弱になられて、七月二十日過ぎには、また重ねて光源氏に京への帰還の宣旨が下った。〕

「**朝廷《おほやけ》の御後見《うしろみ》をし、世をまつりごつべき人**」が、光源氏以外はいないという「余人をもって換え難し」という論理《ロジック》で、『律令』を盾に取った母大后の正論の「諫め」も、あっさり打破されてしまいました。もちろん、母大后のもののけ病み、朝廷への「さまざまの物のさとし」、回復しかけていた筈の帝ご自身の目の病の再発という冥界からのアシストがあった事も事実です。

こうして、光源氏の召還は決まりました。繰り返しますが、朱雀の帝の決定に、貴種流離譚の「横死祟り型」（二）のモティーフが作用していたと、読みたいところです。

（東原）

Q27 近代以前の注釈書に対してどういう姿勢で臨めばよいのでしょうか？

A　何よりも古注は『源氏物語』が書かれた時代に近いという理由を第一として、重視されなくてはならないでしょう。ただし、いくら『源氏物語』が書かれた時代に近い注釈書だといっても、無批判にその見解にしたがうのはどうでしょうか。時代の思想・思潮というものもあります。古代に成立した『源氏物語』に対して、古注釈は鎌倉・室町という時代に連歌を作るために連歌師たちによってなされたものです。だからおのずとその時代そのものと作り手の思想とが反映しています。だから、無前提には従えないものもままあります。また、古注釈に関しての研究はその専門家が多く研究もかなり充実していますが、それ以後で現在までの研究を繋ぐはずの新注（江戸の注釈）の研究はかなり層が薄く、私はその専門家の存在を知りません。

それに連動してこの頃痛切に感じることは、戦前の旧制の高等学校・大学で学問を修めた研究者が世にいなくなってしまって、ますます江戸の注釈と現在の注釈とを繋ぐ術、架け橋が無くなってしまったということです。この頃そんなことを、ひどく実感します。

漢文学者の吉川幸次郎に、『古典について』（筑摩叢書、一九六六年。講談社学術文庫、二〇一二年）という名著があります。その中で吉川は、「辞典の学」と「注釈の学」という概念を対峙的に説いています。

明治100年の年にあたり、吉川は「昭和」の現在から遠く「明治」の時代を振り返り「近代」としての、明治の開化におけるマイナスな点を鋭く説いています。西欧の学問が押し寄せた明治の時代、それらの教養を吸収するために、たくさんの辞典が編纂されました。ことばを通して外国の教養を享受するのに、辞典類が編纂・整備されることは常套な出来事で、それじたいはけっして悪いことではありません。しかし、そのためにかつて強味としてあった、江戸の注釈の学問が軽視されている現状を吉川は嘆きかつ学問としての危機的状況に警告を発していたのです。

辞典の学と注釈の学とは、状態と効用とを一つにするように見える。実は必ずしもそうでない。

辞典の対象とするものは、単語である。単語は概念の符牒であり、それゆえに意味内容を一定するように見える。果してそうなのか。よい人は善人である。お人よしは善人すぎる人である。よい男は美貌の男子をいうものとして、堅気の男子にも用いられる。よい女は、美貌の女子をいうけれども、堅気の家の娘さんには用いられない。よい、というこの簡単な日本語が、いかなる他の語とむすびつくかによって、かくも意味を分裂させ、変化させる。辞典はその平均値をいい得るにすぎない。

更にいえば、単語という現象は、辞典に現われるだけで、実在の言語の現象としては存在しないといえる。実在するのは、常に文章である。いくつかの単語がつづりあわされた文章、それのみが、口語としても、記載としても、実在である。そもそも実在ではない単語について、辞典のわり出す平均値は、いかに辞典家が努力しても、虚像であり、いずれの文章の中にあるその語の、価値の実像でもない。

ことに文学の言語に対して、辞典は効用を乏しくする。文学は個性の表現であり、その言語は個性的である。常に著者の個性による新しい内容が充足されていなければならない。

(「九　辞典の学」)

従来の日本の文明には存在しながら、しかも明治のきめの荒い文明が失ったもののまた一つは、注釈の学である。

出現の順にかぞえて、十七世紀後半における契沖の「代匠記」、仁斎の「論語古義」、十八世紀前半における徂徠の「論語徴」、その後半における宣長の「古事記伝」、いずれも対象とした古書に対する精緻きわまる迫力ある注釈である。（中略）明治の学者にはあまりよく分っていたように思えぬ。「日本倫理彙編」その他、明治以来、これらの学者の著述で覆刻されたのは、主として「童子問」「弁道」「弁名」「うひ山ぶみ」の類であり、「論語古義」「論語徴」「古事記伝」の類の覆刻されることは、まれであった。

そうしてまた明治は、古典の注釈として、以上の諸書のような名著を生んでいないと見うける。部分的な付加はあったかも知れぬ。しかし以上の諸書のような精緻にしてしかも迫力ある注釈は、明治に乏しいばかりではない、それ以後にどれだけあるか。はなはだ疑問のように思われる。

注釈の学を失った代替がなかったわけではない。明治が代りに得たものは、大槻文彦らの辞典の学であり。また歴史の学、広義のそれ、であった。両者は注釈の学を更に進歩させ得るように見えて、結果は必ずしもそうならなかった。（「八　注釈の学」）

吉川幸次郎のいう「注釈の学」は、換言すれば、「コンテクスト context 感覚」のことでしょう。意味は、コンテクスト、脈絡《みゃくらく》によって生成され、また編成もされるということです。

「辞典の学」で反射的に想起する事柄は、現元号「令和」が初めて日本の古典『万葉集』の序文から採られた、あの時のことです。発表の翌日、平成三十一年四月二日の朝刊は各紙一致して『万葉集』の比較文学的研究の第一人者、中西進の考案の由報じていました。しかし、不思議なことに当人は当初とぼけて自己の提示したものであることを認めませんでした。半年も過ぎて彼はしぶしぶ他人《ひと》ごとのように、自身のものであることを認めています。驚くほど潔《いさぎよ》くありません。

それは、新聞のインタビュー記事「[時代の証言者]令和の心 万葉の旅 中西進90〈1〉元号 天の声で決まるもの」です。

…万葉集「梅花の宴」の序文にある「初春の令月にして気淑《よ》く風和《やはら》ぎ」から新元号は生まれましたね。令和と声に出すと語感がいいですねぇ。命令が思い浮かぶと批判する学者もいますが、改めて中国の国語辞典で確認すると「令は善なり」とある。善は「論語」で最高の価値を与えられていて、やはりいい言葉です。善だからこそ規律は法令とされ、人は自らを律し、令に従う、実に「令しい」日本語です。

元号では20回目となる「和」といえば、「十七条憲法の「和を以《もっ》て貴《とうと》しとなす」

ですね。令しい整った和を願う元号は、熟柿《じゅくし》が落ちるように生まれたものでしょう。（中略）…新元号発表前には「次の元号は何か」と政治記者に聞かれ、発表されるや「考案者はあなたですか？」こればっかり。こまりましたよ。元号は天の声で決まるものですから。

中西進は、コンテクスト感覚が無さ過ぎですね。中西自身が『万葉集』の序文から採ったのですから、そこからまず説明するのが筋でしょう。「中国の国語辞典」は、次善の策です。

さて吉川幸次郎と同じく京都帝国大学で学問を修めた『源氏物語』の研究者に、玉上琢彌《たまがみたくや》がおります。玉上は、吉川と同じように旧制高等学校から旧制の学問を修めたものと推察されます。すなわち江戸の注釈の学問です。玉上の伝記研究が望まれるところですが、残念なことに、今のところ見い出しえません。

玉上琢彌の代表的な著作に、『源氏物語評釈』（角川書店、一九六四～六九年）があります。全十二巻、別巻二巻という膨大な注釈書で、まさに江戸の国学者萩原廣道の『源氏物語評釈』をリスペクトして書かれたものであることは明白です。廣道の注釈が「桐壺」～「花の宴」で中断し未完のまま刊行され、自身は亡くなってしまいます。残念ながら道半ばで完成をみなかった幻の「評釈」を、玉上はその遺志を引き継ぐかのように、自らの流儀で堂々と完成させています。中身は、『源氏物語』五十四帖すべての本文に、現代語訳を付し、詳細な注釈を付し、自己の注目する箇所に批評を付けるという形で、源氏物語の隅々にまで光を当てた、とてつもない書物です。

たとえば私は、論文を書く際、先行研究を洗うことはもちろんですが、まず玉上琢彌はどう考えているだろうと、当該箇所における玉上のコメントを再読することから始めます。何の変哲もないような叙述に彼は光を当てていて、常人が思ってもいなかった角度から「あっ」と驚くような読みを提示していること、しばしばです。これこそが、吉川幸次郎が説くような「注釈の学」なのではないでしょうか。きめの粗い明治の「辞典の学」に対して、江戸の学問の復活としての精緻な昭和の注釈の学、それが玉上琢彌の『源氏物語評釈』だと思います。

「若紫」巻を例にして、玉上の独自な注釈を示しましょう。「若紫」巻の冒頭は、次のように叙述されています。

瘧病《わらはやみ》にわづらひたまひて、よろづにまじなひ、加持《かぢ》などまゐらせたまへどし

るしなくて、あまたたびおこりたまひければ、ある人、「北山になむ、なにがし寺《でら》といふ所にかしこき行《おこな》ひ人はべる。去年《こぞ》の夏も世におこりて、人々まじなひわづらひしを、やがてとどむるたぐひあまたはべりき。ししこらかしつる時はうたてはべるを、疾《と》くこそこころみさせたまはめ」など聞ゆれば、召しに遣《つか》はしたるに、僧「老いかがまりて室《むろ》の外《と》にもまかでず」と申したれば、源氏「いかがはせむ。いと忍びてものせん」とのたまひて、御供《とも》に睦《むつ》ましき四五人ばかりして、まだ暁《あかつき》におはす。

（小学館新編日本古典文学全集 ①199頁。以下、内話文に〈 〉を付すなど本文の加工は引用者）

〔光源氏の君は、瘧病を患《わずら》われて、手を尽くして呪《まじな》いや加持をおさせになるが効果がなくて、幾度も発作を起こしなられるので、ある人物が、「北山にですねぇ、何々寺という所にすぐれた修行者がおります。去年の夏も世間で流行しまして、多くの人たちが呪いに手こずっていたのを、ぴたりと治めたという事がいくつもございました。こじらかすと厄介ですから、手早くお試しなさいませ」などと申し上げるので、お召しに人を派遣したところ、僧「年老いて腰もかがまってしまい、室の外にも出られないような状態で…」と申し上げるので、源氏「どうしたものだろうか。ごくこっそりと出掛けよう」とおっしゃって、お供に親しくお仕えの者、四五人ほどで、まだ夜の

明けない暁の時間帯にお出かけになった〕

今日に大方の読者は「若紫」巻は、『伊勢物語』の「影響」によって書かれていると理解しているのではないでしょうか。たとえば、小学館新編日本古典文学全集、「若紫」巻の解説には以下のように記されています。

巻名　「若紫」は、春、萌《も》え出た紫草。紫のゆかりに執心する源氏の歌「手に摘みていつしかも見む紫のねにかよひける野辺の若草」による。巻名によって『伊勢物語』の初段の影響を暗示。（以下略）

しかし、「影響」とは、とても曖昧でいい加減なことばではないでしょうか。問題は、どのようにどこまでが「影響」されていて、そしてどこからが『源氏物語』自身の独自性なのか、はよくわかりません。またその「影響」を及ぼしたとされる『伊勢物語』の初段は、次のように叙述されています。

むかし、男、うひかうぶりして、平城《なら》の京《きやう》、春日《かすが》の里に、しるよしして、狩に往《い》にけり。その里に、いとなまめいたる女はらから住みけり。この男、かいまみてけり。おもほえず、古里にいとはしたなくてありければ、心地《ここち》まどひにけり。男の着たりける狩衣《かりぎぬ》の裾《すそ》を切りて、歌を書きて遣《や》る。その男、しのぶずりの狩衣をなむ着たりける。

春日野の若紫のすり衣《ごろも》しのぶのみだれかぎり知られず

となむ、おひづきていひやりける。ついでおもしろきこととや思ひけむ、

みちのくのしのぶもぢずり誰《たれ》ゆゑにみだれそめにし我ならなくに

といふ歌の心ばへなり。むかし人は、かくいちはやきみやびをなむしける。

（新潮日本古典集成13〜14頁）

〔昔、男が元服・加冠し、五位に任官して、奈良の京に所領があった縁《えん》で、鷹狩に行ったことだ。その里には、たいそう優美な姉妹が住んでいた。この男は、物陰からのぞき見してしまった。思いがけず、驚くほどの美女たちで、この旧《ふる》い都には似《に》つかわしくなかったので、惑乱してしまった。男は懐紙を持ち合わせていなかったので即座に自分の着ていた狩衣の裾を切って、それに歌を書いて贈った。その男は、信夫摺《しのぶずり》の狩衣を着ていたのであった。

春日野の若い紫草のように美しいあなた方にお遭いして、私の心は紫の信夫摺の模様のごとく、限りなく乱れております。

と、すぐに詠んでやったのだった。事の成り行きから面白いこととおもったのだろうか、陸奥の信夫文字摺《しのぶもんじすり》の模様のように心が乱れるような私ではありませんのに、いったい誰のせいでしょうか、その私の心が乱れるのは、あなたゆえなのですよ。

という歌の趣によってなのである。昔の人は、このように激しい風雅な振る舞いをしたのである。」

『源氏物語』と『伊勢物語』とのかかわりについて、玉上琢彌は次のように述べています。

『伊勢物語』「初冠」の段との違い　『伊勢物語』の初段、「初冠」の段では、男が、初冠して、「奈良の京、春日の里に、しるよしして、かりに」行ったのである。こちらの主人公は、「わらはやみにわづらひたまひて」それをなおしに、北山に行く。京から南の「奈良の京、春日の里」に対し、京の北山である。ちょうど反対だ。春日の里は、春日野《の》と、あの段の歌にもある。北山の奥に行くのは、正反対である。

「狩り」は、健康な人の遊び、スポーツである。こちらの主人公は、病気、なおりにくくて困ったあげく、京を離れるのである。正反対である。

『伊勢物語』の「初冠」の段では、美しい姉妹が登場する。男の行く先、春日野に住んでいるのだ。それを偶然、見て驚くのである。こちらの主人公は、はじめから人を訪問にゆくのである。めあての人は、「行ひ人」、「老いかがまりて、むろのとにもまかでず」という老僧である。

でだしは、まるで違う。むしろ正反対だ。それにしては、なぜ若紫と題し、『伊勢物語』を読者に思い出させようと、作者は、したのか。作者は、むだをしない人。正確な計算をする人である。だから、読者は期待する。この謎は、いつか、とけるであろう、と。

（玉上琢彌「若紫」『源氏物語評釈 第二巻』角川書店、一九六五年、30頁。ただし、傍点は玉上、傍線は引用者）

驚くべきことにこの分量の批評文の中で、「反対」の語が一例、「正反対」の語が三例も用いられており、まさにキーワードとなっているでしょう。そして玉上は、「それにしては、なぜ若紫と題し、『伊勢物語』を読者に思い出させようと、作者は、したのか」と述べています。玉上の思考に沿って述べるならば、読者に『伊勢物語』初段の設定の「反対」あるいは「正反対」として「若紫」巻を、その関係性において理解すべきことを説いていることになるでしょう。つまり、既成の注釈書類が説くような『伊勢物語』の「影響」において書かれているとか、「暗示」しているなどという解釈とは一線を画しており、むしろ先行する『伊勢物語』初段が明示されていると言っているのです。「影響」という術語は、曖昧なことばで、対象との同一性（＝類似性）しか指示しておらず、先行する作品との関係的な差異はまったく考慮されていません。

対して玉上の読み方は、「**『伊勢物語』「初冠」の段との違い**」という見出しが明示しているように、『伊勢物語』初段が踏まえられていること、同一性が指摘されているとともに、それがどのような関係性において踏まえられているのかということ、つまり「反対」あるいは「正反対」という関係的な差異性＝「違い」をも説かれているのです。この差異性は、『源氏物語』の「若紫」巻自身が独自に創造した部分ということになります。だからこれは、ジュリア・クリステヴァの間テクスト性の考え方と転一歩の発想だといえるでしょう。

当該玉上の見解が公表された一九六〇年時代思想パラダイムの主流は、「実存主義」の哲学を典型とする個体論（実体論）です。関係性を旨とする「構造主義」の哲学が広く世界に浸透する以前の思想状況であったはずです。だから、これは特筆に値することなのです。そこから何がいえるかといえば、玉上琢彌の思考方法は、関係性の哲学に拠っていたということになります。

さて玉上の説を批判的に継承する三谷邦明は、次のように述べています。

若紫巻は、まず玉上琢彌が指摘しているように伊勢物語初段を暗示する「若紫」という巻名からはじまる。更に、

わらは病《やみ》にわづらひ給ひて、よろづに、まじなひ・加持《かぢ》などまゐらせ給へど……

という文からはじまる冒頭部分を読むと、この場面が、

伊勢物語初段　／源氏物語若紫巻

男（業平）／光源氏

初冠して〔成年式後の大人〕／わらは〔＝童〕病

平城の京、春日の里〔南〕／北山〔北〕

狩〔健康〕／加持〔非健康〕

なまめいたる女はらから〔若さ・女〕／「北山の聖」（かしこき行ひ人・老いかゞまりて、
室の外にもまかでず）〔老い・男〕

という図からも理解できるように、伊勢物語初段とは全く対照的に裏返ししたパロディであることが明瞭に語られるのであって、帚木巻の冒頭文のように草子地を用いて交野少将物語と比照して読み解くことを求められていないものの、かえって暗示的であるが故に、この巻を常に伊勢物語と比照して読まざるをえないことを強制されるのである。

（三谷邦明「藤壺事件の表現構造―「若紫巻の方法あるいは〈前本文〉としての伊勢物語―」『物語文学の方法 Ⅱ』有精堂出版、一九八九年。傍線は引用者）

一九八〇年代『源氏物語』の研究にテクスト論の視座を導入し、確立させたのは三谷邦明であり、当該論文はその記念碑的な論に相当します。しかし、一読して明らかなように三谷のテクスト論は、玉上がお膳立てをした正反対の思考方法を前提に論述が始発している点、看過されるべきではないでしょう。すなわち「伊勢物語初段とは全く対照的に裏返ししたパロディであること」および「この巻を常に伊勢物語と比照して読まざるをえないことを強制される」という指摘はたしかに三谷の発展ですが、玉上の見解なしにはなしえないことなのです。

同時に、玉上と三谷が指摘してみせた人物の対応の図式は、「若紫」巻の筋の進展とともに流動的で、けっして固定したものではないのです。その後の物語の進展とともに、『伊勢物語』初段の人物との対応も変化してゆきます。物語の進行とともに、差異化＝新たな意味が生成してくるのです。その光源氏の垣間見は、次のように叙述されています。

日もいと長きにつれづれなれば、夕暮れのいたう霞《かす》みたるにまぎれて、かの小柴垣《こしばがき》のもとに立ち出でたまふ。人々は帰したまひて、惟光朝臣《これみつのあそむ》とのぞきたまへば、ただこの西面《にしおもて》にしも、持仏《ぢぶつ》すゑたてまつりて行う尼《あま》なりけり。簾《すだれ》すこし上げて、花奉るめり。中の柱に寄りゐて、脇息《けふそく》の上に経を置きて、いとなやましげに読みゐたる尼君、〈ただ人〉と見えず。四十余《よ》ばかりにて、いと白うあてに痩《や》せたれど、つらつきふくらかに、まみのほど、髪のうつくしげにそがれたる末《すゑ》も、なかなか長きよりもこよなういまめかしきものかな〉とあはれに見たまふ。（205～206頁）

〈春の日のたいそうな日長に退屈なので、夕暮れのひどく霞んでいるのに紛れて、あの小柴垣の付近に出で立ちなさる。供人たちはお帰しなさって、側近の惟光朝臣《これみつのあそむ》と一緒に覗きなさるると、すぐここの西面《にしおもて》の部屋に、持仏《ぢぶつ》を据え申し上げて、勤行をしている、なんと尼さんであった。簾《すだれ》をすこし巻上げて、花を奉っているようだ。中の柱に身を寄せて座り、脇息《きょうそく》の上に経を置いて、とても具合が悪そうに読んでいる尼君は、〈普通の身分の人〉とは見えない。四十歳過ぎくらいで、たいそう色白で気品があり、体は痩せているが、頬《ほお》はふっくらとして、目許《めもと》の辺《あた》り、髪の可愛《かあい》らし気《げ》に削がれている毛先の感じも、かえって長いよりはこのうえなく当世風だなと、感じ入って御覧になる。〉

彼の視線の先に現れたのは、意外にも「四十余《よ》ばかり」の「老女」でした。今度は一応「女性」で、初段と「性」は一致しているものの、光源氏の婚姻対象女性の年齢からは大きくズラされています。さらに垣間見は続きます。

きよげなる大人《おとな》二人ばかり、さては童《わらは》べぞ出で入り遊ぶ。中に、〈十ばかりやあら

む〉と見えて、白き衣《きぬ》、山吹などの萎《な》えたる着て走り来たる女子《をむなご》、あまた見えつる子どもに似るべうもあらず、いみじく生《お》ひ先見えてうつくしげなる容貌《かたち》なり。髪は扇《あふぎ》を広げたるやうにゆらゆらとして、顔はいと赤くすりなして立てり。

尼君**「何事ぞや。童べと腹立ちたまへるか」とて、尼君の見上げたるに、少しおぼえたるところあれば、〈子なめり〉と見給ふ。紫「雀《すずめ》の子を犬君《いぬき》が逃がしつる、伏籠《ふせご》の中《うち》に籠《こ》めたりつるものを」とて、〈いと口惜《くちを》し〉と思へり。（206頁）**

〈小綺麗な大人の女房が二人ほど、それから童女が出入りし遊んでいる。その中に〈十歳ぐらいであろう〉という子が見えて、白い下着に山吹襲《やまぶきがさね》などの糊気《のりけ》が落ちふにゃりとした表着《うわぎ》を着て、走ってきた女の子は、その場に大勢見えていた子供たちとは似るべくもない、成人の後、将来の美貌が思いやられて可愛らし気な顔だちである。髪は扇を広げたようにゆらゆらとして、顔は涙を手で擦《こす》って立っている。

「何事ですか。子どもたちと諍《いさか》いをなすったのですか」と言って、尼君が見上げた顔が、あの子と少し似かよっているので、〈尼の子なんだろう〉とごらんになる。「雀の子を、犬君《いぬき》が逃がしちゃったの、伏籠《ふせご》の中《うち》に入れてあったのに」と言って〈たいそう悔しい〉と思っている。」

ヒロイン若紫の登場です。内話文で「〈十ばかりやあらむ〉と見えて」とあるように、光源氏の目には、〈十歳くらい〉と、彼女の実際の年齢よりも幼く見えたのです（後の北山の僧都との対話場面から、彼女の母親の死から「十余年」の経過により212頁、実際はもう少し年齢が上であるとわかるのですが）。

つらつきいとらうたげにて、眉《まゆ》のわたりうちけぶり、いはけなくかいやりたる額《ひたひ》つき、髪《かむ》ざしいみじううつくし。〈ねびゆかむさまゆかしき人かな〉と目とまりたまふ。さるは、〈限りなう心を尽くしきこゆる人にいとよう似たてまつれるがまもらるるなりけり〉、と思ふにも涙ぞ落つる。（207頁）

〈顔付きはたいそういじらしくて、眉のあたりは煙《けぶ》ったようにぼうっとして、あどけなく掻き上げた額の様子、髪の生え際、たいそう可愛らしい。〈成長してゆく先の美貌を見ていたい人だな〉と注視されてしまう。というのも、〈限りなく深く思い申し上げている人（藤壺）によく似申し上げるのが、見入ってしまう理由だ〉、と思うにつけても感激で涙が落ちる。〉

この年端も行かない「幼女」に心惹かれる理由は、最愛の女性藤壺の宮に面立《おもだ》ちが似ているという、彼女の形代《かたしろ》的な性格によっています。けっして、ロリータ・コンプレックスなどからではありません。

伊勢物語初段　／源氏物語若紫巻

なまめいたる女はらから〔若さ・女〕姉妹・適齢期の女性　／

「北山の聖」（かしこき行ひ人・　老いかゞまりて、
室の外にもまかでず）〔老い・男〕

←

「尼君、若紫」祖母と孫・老女と童女
（四十余《よ》ばかり・十ばかりやあらむ）〔老・幼〕

「なまめいたる女はらから」という婚姻の適齢期の女性に対して、老女と童女の登場も、「老」と「幼」という「反対」の思考方法がなせるものでしょう。前掲三谷論文が「伊勢物語初段とは全く対照的に裏返ししたパロディ」だと説く所以でしょう。

さて「若紫」巻の冒頭の言説（文章）が、『伊勢物語』の初段を正反対に引用することで生成したものだとする玉上の卓見は、どのようにして導き出されたものでしょうか。

公表された媒体の書名は、『源氏物語評釈』である。誰もが反射的に想起するのは、近世の国学者、萩原廣道の代表的な著作『源氏物語評釈』（文久元年、一八六一刊行）なのではないでしょうか。

玉上琢彌が用いた「反対」の語は、実は萩原廣道が『源氏物語評釈』において端的に用いていた術語《ターム》なのです。廣道によれば「此物語に種々の法則ある事」（総論の小見出し）、その一つとして「反対」の概念も提示されています（阿部好臣「反対」「表現・発想事典」秋山虔編『別冊國文學　源氏物語事典』學燈社、一九八九年。なお廣道『源氏物語評釈』の本文引用は、鷺沢伸介による『源氏物語評釈　翻刻（版本十四冊）』のネットページによる（初稿2008.9.24、最終改訂2014.8.19））。

「これは其事の反《ウラ》うへに相対《ヒカ》ふをいふ。たとへば雨ふると日てると。夜と昼となどのごとし。其《ノ》事同じからずといへども、表裏《ウラウヘ》に相対ふをもて反対といへり」（頭書評釈凡例）という、きわめてシンプルな定義がなされています。

ちなみに他の法則も「頭書評釈凡例」の条で「主客、正副、正対、反対、照対・照応、間隔、伏案・伏線、抑揚、緩急、反復、省筆、余波、種子、報応、風諭、文脈・語脈、首尾、類例、用意、草子地、余光・余情」の二十一を挙げるほか、「奇対」「結構《シタガマヘ》」「伝文」等の語もみられる。「此《ノ》外にもなほあめれど、今は其大むねをのみ挙つ。他は准《ラ》へてもさとるべし」とします。

ただし、これらの術語《ターム》は、廣道のまったくの独創というわけではありません。惣論で触れられている、安藤為章の『紫家七論』や、賀茂真淵の『源氏物語 新釈』（惣考）で言及されている「漢文学の法則」を主とし古注等にあるものを取り込んで作成されているのです。いわば古注に国学者の注釈（契沖から鈴木朗まで）を追加した注の集成なのです。その意味において、広く近世の源氏学の範疇における思考方法だといえるでしょう。

結論を述べてしまうと、廣道が同著で用いた思考と術語《ターム》、方法論をそのまま『源氏物語』に適用しても、遺憾ながら玉上琢彌が描いたような「若紫」巻の冒頭言説の分析結果は導き出しえないということです。詳細は、東原伸明「散文の学としての源氏物語・テクスト論と近世源氏学の接点――「若紫」巻の冒頭の設定を端緒に」(『高知県立大学 文化論叢』第11号、二〇二三年三月)をご覧ください。

付言すると、秋山虔も京都の第三学校で旧制の学問を修め、東京帝国大学に進学し島津久基の薫陶を受けていました。こうした旧制の高等学校から大学の教育教養を、今再度吟味してみる必要を痛感します。

(東原)

Q28 古典文学研究の「在《あ》る思考」と「成《な》る思考」とは何でしょうか？

A 「意味」とは何でしょうか。その「意味」は、「在る」ものなのでしょうか。それとも、その「意味」に「成る」ものなのでしょうか。「意味」をめぐっての考え方、つまり思考の方法には、「在《あ》る思考」と「成《な》る思考」との二通りあることを、述べてみたいと思います。

前者は、「○○が在る」、「在る」という、その存在を問う考え方で、個体論（実体論）です。だから本来、他からの影響を受けずに、自立し、自律している。絶対的な意味である、という考え方です。

対して後者は、「○○に成る」、「成る」とそこにその生成を問う考え方で、関係論です。他からの影響によって、そのものがそれらとの関係性において、そこに成立する。この考え方は、一九八〇年代のテクスト論の実践を通して、次第に自覚化されたものと拝察されます。今から振り返ってみて、ここに、意味生成に対するコペルニクス的な転換があったと言えます。

さてこれは、明治の開化、近代の学問の陥穽として、半世紀近く前に既に吉川幸次郎によって、「辞典の学」のマイナスの特色として指摘されていました（**Q27 近代以前の注釈**

書に対してどういう姿勢で臨めばよいのでしょうか?と重なる問題なので、参照してください)。

辞典の学と注釈の学とは、状態と効用とを一つにするように見える。実は必ずしもそうでない。

辞典の対象とするものは、単語である。単語は概念の符牒であり、それゆえに意味内容を一定するように見える。果してそうなのか。よい人は善人である。お人よしは善人すぎる人である。よい男は美貌の男子をいうものとして、堅気の男子にも用いられる。よい女は、美貌の女子をいうけれども、堅気の家の娘さんには用いられない。よい、というこの簡単な日本語が、いかなる他の語とむすびつくかによって、かくも意味を分裂させ、変化させる。辞典はその平均値をいい得るにすぎない。

更にいえば、単語という現象は、辞典に現われるだけで、実在の言語の現象としては存在しないといえる。実在するのは、常に文章である。いくつかの単語がつづりあわされた文章、それのみが、口語としても、記載としても、実在である。そもそも実在ではない単語について、辞典のわり出す平均値は、いかに辞典家が努力しても、虚像であり、いずれの文章の中にあるその語の、価値の実像でもない。

ことに文学の言語に対して、辞典は効用を乏しくする。文学は個性の表現であり、その言語は個性的である。常に著者の個性による新しい内容が充足されていなければならない。

（吉川幸次郎「辞典の学」『古典について』（筑摩叢書、一九六六年。講談社学術文庫、二〇二一年）。

吉川幸次郎のいう「注釈の学」は、換言すれば、「コンテクストcontext感覚」のことでしょう。意味は、コンテクスト、脈絡《みゃくらく》によって生成され、また編成もなされるということです。これは、アナログanalogの論理でしょう。

昨今、AI（人工知能）の活用をめぐって、さまざまな議論がなされています。大学センター試験を継承した、共通テストにおいて、まだAIでは、「文章問題」を「出題できない」こと、ここでの問題意識と重なります。AIは、「0-1」の科学の論理に拠《よ》っています。それは別なことばで言えば、デジタルdigitalの論理です。デジタルデータはすべて「0」と「1」を組み合わせた数字で構成されています。つまりNoかYes、無《む》か有《ゆう》か、偽《いつわり》か真《まこと》か…の二値の論理、だからどちらかの項目に押し込まれるように整理するしかなく、その中間のグレーゾーン（どちらでもない）はありません。そして、文法も体系化されているのでデジタルの論理に拠るはずです。

〔解説〕

源氏物語をどう読むか――池田亀鑑・三部構成説の紹介

高橋美由紀

『源氏物語』は、五十四帖（巻）からなる長編の物語文学です。この長いストーリーを、どのように区切って内容を把握したらよいのでしょうか。小稿は、文献学の泰斗池田亀鑑の「源氏物語三部構成説」をとりあげ解説し、併せ紹介とするものです。

池田は論文「源氏物語の構成とその技法」において、「源氏物語の組織を前後の二部に大別する考へ方は古くから行はれた。源氏物語は まさに二部作である。すなはち桐壺の巻から幻の巻までを前篇とし、匂宮の巻以後を後篇とするのであるが、前篇の中に若紫上の巻から後を區ぎつて、ここを中篇とし、三部作として見るみ方も可能である」と述べています。(1)

これについて高田祐彦は「池田は、女君を単位として「短編中編説話」「長編説話」に分類し、それらの統合によって、展開する動態として作品全体を把握しながら、全体を三部作と規定した。三部構成には、文芸学の立場などから批判もあるが、（…）定説化している」(2)と説いています。このように、研究の現在においては源氏物語の全体の構成を三つに分けるという考え方は通説化しているといえます。三つに分けると、次のようになります。

第一部　　　（1）「桐壺」巻　～　（33）「藤裏葉《ふじのうらは》」巻
　正篇（前編）
第二部　　　（34）「若菜上」巻　～　（41）「幻」巻

第三部　続篇（後編）（42）「匂兵部卿《にほふひやうぶきやう》」巻　～　（54）「夢浮橋」巻

池田は前掲、「源氏物語の構成とその技法」において、光源氏と関わる女性たちを主人公にした説話を単元とし、五十四帖という長編物語のなかに、短編的、中編的物語が巻をまたいだ相関的な長篇的物語が『源氏物語』であるという考察をしています。「源氏物語の前篇は源氏を、後篇は薫を、それぞれ中心にして、これらの多数の人々を配して長年月にわたるできごとと世の動きをのべてゐる。各巻はさうした意味において、相互に緊密な關聯をもつてをり、有機的にかつ統一的に結ばれてゐるとみなければならない。すなはちわれわれは源氏物語の各巻を貫く相關的性格をみとめざるをえない」と説いています。

また光源氏や薫との関わりで各巻に登場する女性を「全體的な立場からはさ程重要ではないが、ある特殊な巻々においては女主人公として重要な地位をあたへられ、しかもやがていつとはなく姿を消すやうな女性がある。（…）または全體の筋の展開の上にきはめて縁のうすい存在になり終るかの人物である」として、物語の主要人物を光源氏や薫ではなく、主要人物を入れ替えた女主人公を視点に、短編および中編、長編の物語が巻を超えた関係において考察しています。

短篇および中篇的説話として、1『空蝉物語』（理性的な若い人妻の危機的な場面と冷静、聡明な生き方）2『夕顔物語』（雨夜の品定めにおける中流階級の女性への興味）3『末摘花物語』（荒廃の中にかなしみを包んだ笑い）4『源内侍物語』（ある一人の好色な老女のあり方）5『朝顔物語』（理性的、内省的な一人の女性のあり方）など、のち『雲井雁物語』、『玉鬘物語』、『近江君物語』、『藤内侍物語』、『朧月夜尚侍物語』と続きます。

長篇的物語として、『葵上物語』、『六条御息所物語』、『花散里物語』、『筑紫五節物語』、『藤

壺物語』、『紫上物語』、『明石上物語』、『女三宮物語』、『浮舟物語』が挙げられており、これらの女性を主人公とした物語のひとつひとつの短篇および中篇、長篇的な性格のものを取り合わせたものが『源氏物語』であると把握されています。「源氏物語の各巻には連續的な性格と孤立的な性格とがみとめられる。このことは、この物語に長篇的な性格と短篇的な性格とが同時に交錯してゐることを意味する」として各巻の持つ内容から性格づけをしています。

池田が「源氏物語の組織を前後の二部に大別する考え方は古くから行はれた」と説いているように、物語の内容から大きく二つに分ける考え方は広く流通していました。今日の「正篇」と「続篇」に相当します。

正篇（光源氏を主人公とする物語「桐壺《きりつぼ》」巻から、紫の上の死、光源氏出家に向けて心身共に整理する41巻の「幻」巻まで）

続篇（光源氏が亡くなった後の巻の42巻「匂兵部卿《にほふひやうぶきやう》」巻から54巻「夢の浮橋」巻まで）

池田はこの正篇を「若菜上」巻で区切り、三部作と考えられると述べています。「前篇の中に若菜上の巻から後を區ぎつて、ここを中篇とし、三部作として見るみ方も可能である」。

区切る根拠となる考え方は「主要人物がどのやうに配置され、中心事件がどのやうにとり扱はれてゐるかをしらべ、そこから物語の構成の形式とその性格について考へてみたいとおもふ」とあるように、『源氏物語』に語られている主要登場人物が物語にどのように語られているかによって区別をしています。『源氏物語』の主要人物から物語を大きく分けると、「桐壺」巻から「幻」巻の主人公は光源氏であり、光源氏亡きあとの「匂兵部卿」巻以降は、光源氏と女三の宮の子（柏木との密通の子）である薫が主人公になり、二つに分けることができます。そして光源氏が主要人物である正篇を、物語の内容から「桐壺」巻から「藤裏葉」巻までと、「若菜 上」巻から「幻」巻の二つに分けることになります。

池田亀鑑は、『源氏物語』の中に象徴される三つの人生の在り方を「光明の人生」「陰影の人生」「幽暗の人生」といい、物語は三つの内容で構成されているという解釈をしました。

第一部は、光源氏の誕生からの物語「桐壺」巻から、准太上天皇の称号を得て、私邸六条院の栄華を描く33巻「藤裏葉」までの巻。

第二部は、女三宮が正妻として六条院に降嫁する34巻「若菜 上」巻から、光源氏の登場が最後となる41巻「幻」までの巻。

第三部は、光源氏が物語世界から退場した後、子孫としての薫、匂兵部卿宮と女性たちとの物語42巻「匂兵部卿」巻から最後の54巻「夢浮橋」巻までとなります。

『新講源氏物語』に「本書では、はじめに、主題と構想とについてのべるところがあつたが、これらは五十四帖の箇ヶの具體的事實から歸納しての發言であつて、決してはじめから假想して、事實にあてはめようとしたものではない」(3)と説いているように、『源氏物語』の物語内容に向き合ってのことだと強調されています。また「源氏物語の美しさ」として、はじめに三部の構成についても述べています。

その『新講源氏物語』の凡例には次のように記されています。

一 本書は源氏物語の美しさの探求と鑑賞を目標とする。學術的研究の報告を目的としてはゐない。(中略)

一 物語の全構成を、女主人公による單元に整理し、引用本文に照合させるやうな組織にまとめた。これは本書の一つの特色である。

一 最後に、その巻の構想、成立などに關する學術的な事項を、ごく簡單にのべ、最近の著者の見解の要點にふれたが、叙述はできるだけ専門的に走らぬやうにつとめた。

ここにも、女主人による単元を整理している池田亀鑑の『源氏物語』への姿勢が見て取れます。この三部構成説に対して数多くの批判的な論争がなされました。日向一雅は三部構成説をめぐる議論の争点の違いは、論点の捉え方にあると述べています。

「三部構成説をめぐる論議の焦点は、藤裏葉の巻以前と若菜上の巻以後との物語の世界の質的な差異をどのようにとらえるかという点にあったと見てよいだろう。藤裏葉と若菜上との間に明確な境界線を設けられるか否かが、作品の構想、主題、成立、方法、構想をめぐって問題とされた」(4)。

以下は、日向稿に収められている所説です。たとえば与謝野晶子は成立論を論点に、玉上琢彌は幸福な結末が物語の常とする旧来の物語観に従って「藤裏葉」巻のあとに結末意識が見られるとあり、そしてそのような論に続き、その延長線上に池田亀鑑の三部構成説は「主題論・構想論的な三部作説」として提唱されたとあります。

それぞれの考え方は物語の内容から読み取られるもので、三部構成を肯定する論、批判する論と詳細に述べられていますが、その論争の結論として日向は「論者が作品に対していかなる視座を設定するかという、源氏物語全体の作品論を展望するものであるといえるだろう。それは方法的には、作品の動的な展開という把握の視座を設定するか、あるいは作品の統一性の把握ということに力点を置いて、静止的・鳥瞰的な視座に立つかというところに、分岐点があるように思われる」とまとめています。

ところで武田宗俊は、「源氏物語は池田亀鑑氏以来三部に分けて見る事が行われて居る」と研究のおおかたの考え方を肯定しつつ、「うち第一部は構成上問題をはらんで居る。それは普通考えられるように始より立てられた構想に順つて、一の巻から序を追うて書き進められたものと見難いところがあるからである(5)」と述べ、『源氏物語』の第一部は二つに分かれていると指摘しています。光源氏を中心とした引き離しがたい各説話を一つの長編物語としたものと、支障なく独立して読める短篇的な物語との構成にし、女主人公を中心に分けて「紫上系の巻」と「玉鬘系の巻」と名付けています。

女主人公の説話から、短篇的、中篇的、長篇的と物語の構成をとらえていた池田亀鑑でしたが、第三部についてはこれまでの第一部、第二部とは全く異なったものであると述べています。「長篇的な性格は、(…)宇治十帖にいたつて短篇性を完全に壓して全面的支配の地位にたつた。宇治の大君、中君の二姉妹と、薫君、匂宮の二人の男性の交渉を發端とし、さらに浮舟をめぐる薫君と宮匂との三角關係のなかに、三者の複雑な心理の過程をゑがき、いささかの餘贅物も不純物も介在せしめず、まことに渾然とした統一を保つて構成されてゐる。そこには短篇小説的な要素は完全に拂拭され、純粋な長篇小説の性格のみがはつきりと浮び出てゐるのである」。

宇治十帖とは、第三部の中、宇治という地を舞台に描かれている45巻「橋姫」巻から最後の54巻「夢浮橋」巻のことです。第一部・第二部の物語世界の都から離れた、宇治の地に目が向けられます。

また池田亀鑑前掲の『新講源氏物語』には「源氏物語の構想は、（…）幾つかの物語が統一され、綜合された點で、叙情詩的性格をもつてゐるといふことができるが、第二部、第三部にいたると、「物語」的性格からぬけ出して、「小説」的性格を露呈するに至っている」とあって、第三部は、第一部や第二部とはまったく違った物語世界を見ていたことになります。

注

（1）池田亀鑑「源氏物語の構成とその技法」『源氏物語への郷愁』望郷社、一九四九年。この池田亀鑑の論文は昭和二十四年六月「郷望」第八号に見られます、翌年の昭和二十五年十二月号「文學」の特集源氏物語にある「源氏物語研究の新方向」『文學』（第18巻 第12号）に今まで続けて来た研究の経過と将来の見通しをまとめていますが、「源氏物語註釋」の作成にあたっての研究の方針として12項目揚げているその中にも「九、源氏物語の技法（主題、構想、性格、情緒、背景、文體その他）に關する考察」が挙げられ、この時点においては、「今後、更に研究を推進させてゆかなければならないとおもう」とさらなる研究の継続が述べられていました。

（2）高田祐彦「源氏物語研究の課題〈構造論・王権論〉」秋山虔編『新・源氏物語必携』學燈社、一九九七年。

（3）池田亀鑑『新講源氏物語』至文堂、一九六三年。

（4）日向一雅「源氏物語の方法・構造・世界　第二部　三部構成説」阿部秋生編『所説一覧 源氏物語』明治書院、一九七〇年。

（5）武田宗俊「「紫上系諸巻」と「玉鬘系諸巻」の問題」『國文學 解釋と鑑賞』（十月特集増　大号）至文堂、一九六一年一〇月。

おわりに――教養教育《リベラルアーツ》としてのＱ＆Ａ

東原伸明

i 高知での26年間の教育実践の成果

本書の「Ｑ」は、「はじめに」においても述べているように、高知県立大学（県立高知女子大学）において、学生や大学院生、「県民開放授業」の県民受講者から寄せられた質問とその回答を、素材としています。ただし、初めの何年間かは、本書のような形式ではありませんでした。それは提出された質問に、次の授業の冒頭で板書しながら口頭で回答をするというオーソドックスな方法、どこの大学の誰の授業でも行っている、ごく普通のやりかたです。「出席票兼質問カード」（リアクションペーパー）に、受講者が記入して提出する、その疑問や感想に口頭で答えるというもの。毎学期、繰り返し行っているうちに、受講者から寄せられる質問はだいたい似通ったもので（イレギュラーな質問がないではないが）、ハッと気づくと毎回口頭で回答しているのを、ノートを取ってまで真剣に聴く学生はごく稀で、真摯に話している自分の声が、むなしく虚空に消えてゆく、そんな様子に愕然としたものです。

これは単に時間を無駄にしているだけで、このままでは教育的な効果もあやしい。「音声」は、その瞬間に消える、後には残らない。「文字」に起こして、後にも残そう。書いたもので、残そう。15回の授業が、終了するまであと残り2回くらいになった時に、毎年・毎学期提出され蓄積された疑問・感想をQ＆Aとしてプリントし、配布することにしました。

「私の授業は、レポートで評価し単位の認定を行いますから、このQ＆Aを読み直して、これまでの授業を振り返り復習してください。それで、中身が充実したレポートを書き提出してください」と述べました。

成果は、見えるところでありました。身近なところで、私の研究室で卒業研究の論文を書く子たちは、明らかにそれらの中から論文のテーマを見つけてきまして、「中身の充実した」卒業論文を多く書いて提出してくれました。効果があったということです。

ii　生涯学習は「市民 citizen」の教養教育《リベラルアーツ》の場

高知県立大学（当時は県立高知女子大学）が「県民開放授業」を始めたのは、二〇〇三年の後期授業からです。今から21年も前になります。

当時の水谷洋一学部長の英断により側近の清原泰治教授が信州大学の「市民開放授業」をモデルとして構想したものです。趣旨は県立大学文化学部の正規の授業に、県民の方を学部が提供する科目に若干名入れて、学生とともに授業を受けていただく、無料である代わりに、試験やレポートは課さず、だから単位の認定もしないというものです。地域貢献として「県民開放授業」の開催でしたが、世間知らずの「若い」学生たちには県民の方々の真剣な受講姿勢が、大変良い刺激になりました。18歳の現役の学生の中に、成人・老人の県民が入っての授業は、それはまさに「市民 citizen」の教養教育《リベラルアーツ》に相当しました。後に全学部が追従し、もちろん今も行われています。

地方自治体の高知市も、高知市文化振興事業団と高知市教育委員会が協力して主催し、春夏・秋冬の二期入れ替えで、「市民講座」が運営されておりました。「文学や歴史、食文化や健康問題など広く社会生活に関わる教養向上のための学びの場として、毎年2回高知市立中央公民館」で、「16歳以上の市民を対象とした講座」という趣旨です。

これは高知県高知市が、県立大学などと、ともに歩調を合わせて「市民」の教養教育《リベラルアーツ》をおこなっている、という証拠です。これは、現在の日本の地方自治体における、標準のスタイルではないでしょうか。

iii かつて塩尻は「生涯教育」＝「教養教育《リベラルアーツ》」のメッカだった（過去形）

俄かには信じられないことですが、今年、二〇二四年の現在において、地方には「60歳以上」の「老人」だけを対象とした、まさに「市民」から「老人」だけを分断・隔離した、「老人大学」を、いまだに断行している自治体があります。それは私の故郷、長野県の塩尻市！。昨年、44年ぶりに戻ってきた故郷塩尻、その変貌ぶりにほんとうに驚きました。

かつて塩尻は地方にあって、「市民」の教養教育をリードするモデル的な聖地のひとつでした。東筑摩塩尻教育会（明治17年（一八八四）に設立）が、会津八一、折口信夫、柳田國男、杉浦重剛といった当時一流の文化人といわれた人々を次々と招聘し、講演会を催しています。講演会が催されるということは、当然それを聴きに集まって来る意識の高い聴衆、「市民citizen」、「公民」がいたということとなります。その年齢構成は、青少年から老人までであって、まさに前述の高知市の「市民講座」に該当する人々たちです。その「市民citizen」を対象とした講演会がかつて塩尻では行われていた。昭和5年（一九三〇）、洗馬の長興寺で行われた柳田國男の「民間伝承論」の講演会を契機に、日本民俗学は発祥したのだとされています。これは塩尻発の、歴史的な事実です。

長野県は久しく「教育県」だと言われてきましたが、この「教育県」のニュアンスは、東大に何人合格したのかというような、俗《アホウ》な話ではありません。自然環境が厳しく峻険な山岳によって全県の各地域が分断されていて、米作も芳しくなく、当然収入も少なく貧しい、だから次の世代に期待し、子弟の教育に力を入れていたのがかつての長野県民です。学制が敷かれたのは明治5年（一八七二）、その二年後の明治7年、小学校は長野県下に六五〇校、就学率は男子72％、女子57％。明治九年の調査では、男女平均では63％、これは全国一の就学率です。この意識の高さが、中等教育、高等教育へと引き継がれていきました。高い志と共に。

筑摩書房の創業者古田晁《ふるたあきら》は、現在の塩尻市北小野から出ています。彼は、長野県東筑摩郡筑摩地村（塩尻市の旧地名）に誕生しており、筑摩書房の「筑摩」という社名は、その旧地名から名付けられています。古田のような知識人が、塩尻から生まれてくる背景には、その風土、土壌環境《テロワール》、当時の塩尻の知的環境を、考慮しないわけにはゆきません（塩澤実信「教育県のDNA」『軌跡の出版人 古田晁伝 筑摩書房創業者の生涯』東洋出版、二〇一五年）。

ⅳ「知」の危機＝最低限の「教養」すらないドラマ作り

ＮＨＫ大河ドラマ「光る君へ」の放映が始まりました。案の定というか、私的にはヒドイ出来だと思われます。何がいけないのかというと、まったく平安「らしさ」が感じられないことです。どうせ作り事なのですから、ドラマとして面白ければ、別にかまわないのですが、最低限、時代設定が平安時代なのですから、平安「らしく」ないのは、アウトではないでしょうか。「粗《あら》探しをするべきではない」という大人の意見もありますが、私の見たところ、探すまでもなく「粗」しかない。

この平安「らしく」ない理由は、脚本家が「平安文化」に対する最低限の「教養」すらも持ち合わせてないからだ、「勉強不足」なのだと思われますよ、「大石静」さん。

最低限の「教養」が無いと思われるは、以下の場面の例です。

藤原兼家ほどの高位高官、やんごとなき大貴族が外出をするのに、マイカーの「牛車」に乗らないなどということは、常識として考えられないことです。現代ならば、「ベンツ」や「ロールスロイス」、「ＢＭＷ」といった高級外車の感覚だろうと思われます。何よりも外出に、下郎の供人しか乗らないような「馬」に跨って出掛ける「段田安則」というのは、有り得ない場面ではないでしょうか。どうかスタッフの皆さん、セットでいいですから「段田」さんを牛車に乗せてあげてください、お願いします。

庶民のいる風景が、安土桃山時代の楽市楽座みたいに、私には見えて仕方がない。

歴史的な事実においては、「五《ご》の君《きみ》」である筈の藤原道長が、「三郎《さぶろう》」と呼ばれているのは、兼家が正妻・時姫と同居しているので、近代の「家庭」の感覚が反映してしまっているのでしょうか（**参照Q18「通い婚」という婚姻形態は無いという話を聞きましたが、ほんとうでしょうか？**）。

また、説明として、上に兄が二人いるので世継ぎとしての可能性は零《ゼロ》で、だから庶民みたいに半ば不貞腐れたように育ったと、解釈して見てもらいたいらしい。成人以前に、無理やり吉高由里子との接点を作ろうとしての、あざとい設定ですかねぇ。

時代劇をよく見る視聴者からすれば、何度も繰り返し同じような設定の物語を観てきたという、既視感がたしかにあります。それは、世継ぎとして期待されていた二人の兄たちが次々と亡くなり、思いがけず、棚ぼた式に、お世継ぎに成るという物語の型、話型です（**参照Q25 物語研究において「話型の果たす役割」とは何でしょうか？（その2）**）。皆さまよくご存じ、松平健「暴れん坊将軍」などでお馴染みの、八代将軍・徳川吉宗の物語、その話型《パターン》の踏襲、「時代劇吉宗」型の話型（ＮＨＫの時代劇ならば、浜畑賢吉の「男は度胸」だったかな？ また、一九九五年の

NHK大河ドラマは、西田敏行主演の「八代将軍　吉宗」作：ジェームス三木、音楽：池辺晋一郎、語り：江守徹）、だから、実にわかりやすいし、透け見えている分、やすっぽいなぁ。

若い男女が宮中で席を同じくしているその場面で、高貴な女性が「素顔」を晒《さら》しています。女性がその「夫」や「父親」・「兄弟」以外の、「異性」の前で自己の「素顔」を見せることはありません。それが平安の文化であって、扇で顔を隠して見せないのが「文化」です。だからこんな現代の「合コン」のような場面は、有り得ないことです。何よりも「物語」のモティーフである「垣間見」が、成り立たなくなってしまうではないですか（**参照Q10　「野分」巻において、夕霧の視点から物語が叙述されるのはなぜでしょうか？**）。

『源氏物語』って、「垣間見」の文学なのですが。大石さん、ご存じじゃないのでしょうか。

平安文化の分かりやすい例を挙げるならば、誰でも知っている『枕草子』の初段の冒頭は、どうなっていたでしょうか？

春はあけぼの……。

そうです、それです。ではこれをもし、英語に訳すとしたら、どうでしょうか。いやいや、英訳以前に、現代の日本語に訳してみてください。

i 春はあけぼの＋がよい。
ii 春はあけぼの＋が一番だ。
iii 春はあけぼの＋がすばらしい。

ざっと考えてみても、右のような感じではないでしょうか。つまり、発信者は、

春はあけぼの〇〇。

動詞のくる、「……がどうなのか」という部分を「〇〇」と空所にして書いていないのです。責任を相手に押し付ける、「いけず」な京都人の文化伝統？だから受信者、受け取り手が、自己のセンスと裁量で想像して、「〇〇」を述べるしかない。受け手の段階で意味が生成し、初めて完結する。全部は言わない、いわば「半世界」、つまり、相手任せの文化、それが「平安文化」なのです。

そうだとするならば、なんでもかんでも、見ちゃう、聞いちゃう、言っちゃう、全部言い切っちゃう、「吉高由里子」のキャラクターは、もっとも平安「らしく」ない。困りました、ミス・キャストです。吉高さんは、もっとも紫式部「らしく」ない、女優さんということになってしまいます。これは困りました、やはりミス・キャストです。「花子とアン」の二番煎じで、やらかしちゃったのでしょうか？柳の下に、二匹めのドジョウはいなかったということでしょうか。私、吉高由里子の「隠れファン」を自認していますから、とても残念です。もっとも、

大石さんは、そんな由里子のキャラが好きであえて採用しているのだから確信犯、最初から無いものねだりなのかもしれませんね。

もっとも「時代考証」は、文献史学の大家、「最後の砦」、彼が「脚本」にダメさえ出せば、もう少し、平安「らしく」なっていたかもしれませんが。業界の力関係なのでしょうか？（これを書いている私は、平安文学の研究者ですが、吉高さんと一緒で言い切っちゃうタイプなので、平安「らしく」ありません。でも、私は俳優じゃなくて、現代のパンピーだからいいのです）。

昔、吉祥寺のサンロードで、ある劇団俳優夫婦が、二台の乳母車を押していました。周囲から「あれ、柄本じゃない」「柄本明と角替和枝だ」なんて声が聴こえて、赤ん坊二人と散歩をしているところを見ちゃったのを、思い出します。私は、「光る君」の御幼少の頃を知っていることになりますかね（**参照Q17　光源氏の「モデル」は、藤原道長だという説は正しいでしょうか？**）でも、光源氏って業界的には、長谷川一夫か市川雷蔵、美男子が定番じゃないかなぁ。

v　共編者、「髙橋美由紀」って誰？

この稿を書きだした時点まで、この中で私がごく簡単に紹介をしようと思っていました。しかし、よくよく考えてみたら、彼女はこの21世紀、令和の世の中、「市民」のライフ・スタイルとして、ひとつのモデルケースとなる人ではないか、と思い、急遽、ご本人に、プロフィールを書いてもらいました。

主婦をしていた人が、息子さんの高校進学を契機に、編入学で四年生大学の三年生になり、息子さんと変わらない学生たちとゼミを行い、ゼミ旅行や合宿にも参加し、卒業研究では『源氏物語』の論文を書いて卒業、県立大学の学士になりました。

同じ息子さんが大学に進学するにあたり、自分もキャリアアップ、大学院に進学して、修士論文を書き、見事に修士（学術）の学位を取得しています。「**附：主婦と学生・院生生活両立の日々――高橋美由紀のプロフィール**」をご覧ください。

最後に、いつもながら私の企画に賛同してくださって、この書の刊行に御尽力くださいました、武蔵野書院院主・前田智彦氏に感謝申し上げます。ありがとうございました。

附：主婦と学生・院生生活両立の日々——髙橋美由紀のプロフィール

髙橋美由紀

私が生まれたのは京都府の南部京田辺市、近くには一休さんの愛称で知られている「酬恩庵一休寺」があります。田んぼと茶畑に囲まれたのどかなところで育ちました。

幼少の頃から音楽が好きでエレクトーンを習い、子どもも好きだったことからヤマハ音楽教室の講師になり、京都、静岡、埼玉の地で勤めました。現在は、自宅レッスンや演奏活動、例えば病院や施設への慰問演奏などをしています。

勉学の方は、引っ越し先の高知市にあった高知県立大学保育短期大学に進学しました。特に保育士の資格を取りたかったわけではなく、ただ音楽と子どもが好きだったからです。卒業後は、短大で得た知識を実践しながら、育児と仕事の生活を続けていましたが、少し時間に余裕ができ、更に学ぶ機会を模索していたところ、三年次編入という道があることを知りました。

もっと勉学をしたい、そうした気持から息子の高校進学と同時に、四年制の県立高知女子大学に入れていただきました。高知女子大学に編入した理由は、保育短期大学が発展解消して女子大の社会福祉学部となり、勤務されていた短大の先生方もそれぞれ社会福祉学部や、文化学部などの教員になられていたからです。短大で音楽のお世話になった住友弘一先生は文化学部の教授になっておられたので、引き続きご指導を受けようと女子大に進んだのですが、先生は定年でその年を限りに退職されるということを入った後になって初めて知り、私はほんとうに、途方に暮れてしまいました。

「うちの研究室に来てみる?」と救いの手を差し延べてくださったのは、当時教務委員をされていた東原伸明先生でした。古典文学は高校以来なので、果たして私が『源氏物語』で卒業研究(論文)ができるかどうか、とても不安でしたし、卒業までの二年間は、まさに死に物狂いの生活でした。自宅での仕事としてエレクトーンとピアノの指導をしながらの学生生活でしたから、課題が出されていたり、急な提出物があったりすると、正直、時間のやり繰りに困りました。

朝食に、息子のお弁当を作り、息子を高校に送り出してから、毎日大急ぎで大学に向かいました。１時限目の授業がある時は、遅刻しないよう間に合わせるのが、特に大変でした。幸いなことに、仕事は夕方の時からが多かったので、講義がないときも学生研究室に残って、ぎりぎりまで本を読んだり、レポートや東原ゼミの発表のための下調べをしたり、それらの考え事をしたりと、濃密に学習する時間を取ることができる、忙しい中にも充実した日々でした。

それは、家に戻ってしまうと自宅の用事があるので、頭が家事モードとなってしまい、集中して勉強できないからでもありました。今でもそうですが、仕事と家事終わって深夜12時過ぎ、自分の部屋に入って、ようやく自分のために使うことができる時間となり、モードの切り替えができます。

当時は家事と仕事と大学と、こなすだけで、いっぱいいっぱい、あっぷあっぷの状態でしたが、だからこそそれぞれの時間で、その時を大事にして集中してやるしかなかったようにも思われます。

卒業後も引き続き学部のゼミ、『源氏物語』の演習への参加を許可していただき、東原ゼミの一員として息子と同じくらい若い学生さんたちと毎週火曜日には、とても充実した時間を過ごすことができました。仕事の時間に間に合わなくなるので、ゼミの途中、５時限目の授業の途中で退出させていただくなど、先生にはご配慮いただきました。また、ゼミの恒例行事として、歴代ゼミ生たちが、段どって・企画をし、旅のしおりまで作った隔年の関西研修旅行と毎年夏のゼミ合宿が楽しみでした。

旅行は二泊三日、学生たちも私もお金がないので、ハイウェイバスで高知駅から大阪なんば（OCAT）へ。大浴場付のカプセルホテルを基地にして、その頃は京都の葵祭の前日に奈良の当麻寺の曼荼羅練供養が行われていたので、近鉄南大阪線で当麻寺へ行きました（當麻寺練供養（聖衆来迎練供養会式）、平成30年（二〇一八年）までは、京都の葵祭の前日、5月14日に開催されていたのですが、残念なことに平成31年（二〇一九年）以降は毎年4月14日開催に変更となり、ゼミ旅行では見学することができなくなってしまいました。その練供養は、西方極楽浄土から仏様が来迎する様子を、二十五菩薩に扮した人たちが、娑婆堂に進み中将姫を蓮台に乗せてふたたび西方浄土へ導く様を演劇的にあらわした仏教行事なのですが、『竹取物語』の天人たちが来迎する場面を想起してしまいます）。

その夜は難波で会食、道頓堀は出世地蔵に隣接した、先生行きつけの居酒屋さんでゼミの若い学生さんたちと、ふぐに舌鼓を打ちます。「てっさ」・「唐揚げ」・「てっちり」・「雑炊」というふぐのフルコースを堪能して満腹、私も大阪に食い倒れてしまいました（笑）。

翌日は早朝、阪急線で京都へ。葵祭の行列が出発する前の時間を利用して、紫式部屋敷跡の廬山寺でお坊様のお話をお聴きし、お庭を拝見しました。京都御所で葵の行列の出発を見送った後、紫野の紫式部の墓所へ。詳しい事情は存じませんが、隣接した島津製作所紫野工場がお墓の管理をされているようで、分析計測事業部の小浦健吾さんからは、行くたびに角田文衞《つのだぶんえい》博士「紫式部顕彰碑」（平成元年）の碑文のコピーを頂戴し、解説までしていただきました。無料ガイド、至れり尽くせりです。

行列が到着する前、上賀茂神社参拝した後、瀬見の小川の近く、皆で円くなって草の上に座り、楽しくお弁当を食べ、太田神社の杜若《かきつばた》の群生地へ、東山の慈照寺銀閣を廻り、帰りは出町柳駅から京阪線で大阪へ。始発の電車なので皆漏れなく座ることができて、一日歩いて疲れた学生たちは、こっくりと居眠り。先生と目が合い思わず、微笑みました。

毎年行われた夏合宿は、一泊二日。本来は、四年生の卒業研究中間発表会のための対策として、ゼミの学生たちで企画されたものでしたが、東原先生の提案で、新入の二年生から三年生も、各自が興味のある対象を何か発表するようにということで、私も含め、毎年全員が、卒業研究を見据えた研究発表をするようになりました。

二年生だった子が三年生となり、三年生が四年生にと、学年が進むごとに成長する姿が見え、四年生の発表は、さすがにしっかりとしたものでした。ゼミで発表をする下級生は、今目の前の先輩の背中を見て、来年の自分の姿をイメージすることができる、とても良い機会なんだと、改めて思いました。私も二年生だった子が四年生になると、あれからこんなにも成長するものだということを、身近に、実感することができました（私が編入した頃は、二年生からゼミを始めて三年間演習をして、論文を書くという制度でしたが、途中から三年生からとなり、また共学化・法人化がなされ名称も「高知県立大学」になりました）。

息子が高校を卒業し、大学に進学することを機会にして、私も東原先生にご相談し、高知県立大学の大学院に進学することにしました。もちろん研究者を目指したわけではありません。毎週火曜日の学部のゼミに出席し、息子の年齢と同じくらいの学生さんたちの発表グループに入って、一緒に古注の解釈をしたり、『源氏物語』の文章の内話文の指摘をする箇所を、一緒に首を捻って共に考えてみたり、作中人物に思わず共感しているうちに、心の底からもっと勉強を続けてみたいという気持が、ふつふつと湧きだしてきました。『源氏物語』の文章を解釈することで、自分の感覚を磨くことは、音楽をするうえでも何かプラスになるのではと思い、そして息子が県外で大学生として頑張っているので、私自身もそれを励みとして、もう一つ山を登ってみようと思ったのです。研究はとても大変ですが、何より『源氏物語』の文章を読むことは、心地よかったです。

修士論文を書くための二年間は、過酷でしたが、論文をたくさん読み込み、これだと思ったのは、風景による感覚論。記憶と風景と感覚。光源氏の物語の最終の巻、「幻」巻を取り上げ、膨大な先行研究を踏まえ、光源氏がどのような感覚で風景を感受しているのか。心象への反映には何か違いがあるのか、さらに感覚と記憶の関係について、聴覚を中心に取り上げるという設計図を描きました。修士論文の題名は、「「幻」巻の物語表現論―記憶を誘う物語風景と感覚―」です。

編著者紹介

東原伸明（ひがしはら・のぶあき）

長野県松本市に生まれ、塩尻市に育つ

略歴

國學院大學文学部卒業
國學院大學大学院文学研究科博士課程後期単位満期退学
「古代散文文学史における語り・言説・テクストの研究」により、
名古屋大学から博士（文学）の学位を取得
高知県立大学文化学部教授
高知県立大学大学院人間生活学研究科教授
2023年退職　高知県立大学 名誉教授の称号を授与

業績

単著

『土左日記虚構論―初期散文文学の生成と国風文化』武蔵野書院 2015年
『古代文学引用文学史論』勉誠出版 2009年
『源氏物語の語り・言説・テクスト』おうふう 2004年
『物語文学史の論理―語り・言説・引用』新典社 2000年

共編著

ローレン・ウォーラー／ヨース・ジョエル／高西成介との共編著
『万葉集の散文学―新元号「令和」の間テクスト性』武蔵野書院 2021年
ローレン・ウォーラーとの共編著『新編 土左日記 増補版』武蔵野書院 2020年
山下太郎との共編著『大和物語の達成―「歌物語」の脱構築と散文叙述の再評価』
武蔵野書院 2020年
井上次夫／高木史人／山下太郎との共編著
『次世代に伝えたい新しい古典―「令和」の言語文化の享受と継承に向けて』
武蔵野書院 2020年
ヨース・ジョエルとの共編著『土左日記のコペルニクス的転回』
武蔵野書院 2016年
三谷邦明との共編著『日本文学研究資料新集 源氏物語語りと表現』
有精堂出版 1991年

髙橋美由紀（たかはし・みゆき）

京都府京田辺市に生まれる

略歴

高知女子大学 保育短期大学部卒業
高知女子大学 文化学部文化学科3年次編入
高知女子大学 文化学部文化学科卒業
高知県立大学大学院 人間生活学研究科修了

修士（学術）高知県立大学

業績（論文）

「「幻」巻の物語表現論―記憶を誘う物語風景と感覚―」
『高知県立大学紀要』文化学部編第67巻　2018年3月
「『源氏物語』「賢木」巻の表現―言説の分類の意義―」
『高知女子大学 文化論叢』第12号　2010年3月

光源氏の物語　Q＆Aハンドブック

2024年 4月15日 初版第1刷発行

編 著 者：東原伸明
高橋美由紀
発 行 者：前田智彦

発 行 所：武蔵野書院
〒101-0054
東京都千代田区神田錦町3-11 電話 03-3291-4859　FAX 03-3291-4839

装　　幀：武蔵野書院装幀室

印刷製本：シナノ印刷㈱

ISBN 978-4-8386-1013-6　Printed in Japan